드롭, 드롭, 드롭

드롭, 드롭, 드롭

초판 1쇄 발행 2025년 7월 17일

지은이 설재인
펴낸이 김병호
펴낸곳 슬로우리드

편집 박소정 김재영 황금주
디자인 양헌경 김민지

발행처 주식회사 바른북스
등록 2019년 4월 3일 제2019-000040호
주소 서울시 성동구 연무장5길 9-16, 301호 (성수동2가, 블루스톤타워)
대표전화 070-7780-0919
인스타그램 instagram.com/slowread_publishing/
블로그 blog.naver.com/slow_read

ⓒ 설재인, 2025
ISBN 979-11-7263-471-1 03810

슬로우리드는 ㈜바른북스 기획단행본사업본부의 브랜드입니다.
이 책은 저작권법에 따라 보호를 받는 저작물이므로 무단전재 및 복제를 금지하며,
이 책 내용의 전부 및 일부를 이용하려면 반드시 저작권자와 도서출판 바른북스의
서면동의를 받아야 합니다.

· 책값은 뒤표지에 있습니다.
· 잘못된 책은 구입하신 곳에서 교환해드립니다.

목차

멸종의 사국 175

쓰리 코드 125

드롭, 드롭, 드롭 077

미림 한 스푼 007

발표지면
작가의 말

미림 한 스푼

01

주경은 고등학교에 가면 꼭 야간 자율 학습을 신청하리라고 생각했다.

"요새 야자 하는 애가 어디 있냐? 다 4시 땡 치면 학원 가지."

친구가 그렇게 말했지만, 주경은 반드시 그래야만 했다. 일부러 야간 자율 학습을 가장 오래 하는 고등학교를 1지망으로 썼다. 그 학교는 평일엔 11시, 주말엔 10시까지 자습실을 개방한다고 했다. 물론 자습실에 남는 학생이 거의 없어 관리가 형편없다고는 했으나 그런 것은 아무래도 좋았다. 원했던 학교로 배정된 후 주경은 입학식만을 기다렸다.

가방을 몇 번이고 챙겼다. 입학식 당일부터 야자를 하겠다고 말하는 학생이 있을까? 담임은 어떤 표정을 지을까? 아마 어마어마한 모범생이 왔다고 여길지도 모른다. 물론 첫 시험 보자마자 와르르 무너지는 기대를 마주해야 하겠지만. 뭐, 아무래도 좋았다. 그거야 담임의 사정이니까. 자신은 공부를 죽어라 하지만 성적은 이상하게 오르지 않는 불쌍한 아이 행세를 하면 되었다. 가여워 보이도록 굴고 싶었다. 그러면 그보다 더 불행한 구석을 슬그머니 감출 수 있을 테니.

3월 1일 밤 11시에 주경은 이불로 기어들어 갔다. 엄마와 아빠가 무언가를 집어 던지며 서로 질세라 고함을 내지르는 소리는 집채만 한 이불을 뚫고 잘도 들어왔다. 빌라 사람들은 그 누구도 문을 두드리며 거 좀 조용히 합시다, 하고 항의하지 않았다. 5층에 성을 짓고 사는 집주인에게 그럴 수 있는 간 큰 세입자는 서울 땅에 존재하지 않았다. 주경은 눈을 꼭 감았다. 오늘은 자기 방의 문고리를 엄마도 아빠도 돌려 보지 않길 바라는 수밖에 없었다. 문을 잠근 걸 들킨다면 내일이 입학식이 아니라 장례식이 될 수도 있었다.

주경은 그들에게 아마도 위아래로 긴 어항이나 조금 비싼

화분 따위인 듯했다. 우리 가족 제법 모범적으로, 그럴듯하게 산답니다, 를 보여 주는. 정작 어항이나 화분은 말을 하지 못함에도 불구하고.

*

바깥을 돌아다니던 사람들이 일제히 움직임을 멈추곤 스스스 소리를 내며 기화한 것은 한국 시간으로 3월 2일 0시 24분에 벌어진 일이었다. 어느 나라에선 한낮의 점심시간이었기에 대단히 많은 사람이 스러져 일대가 아수라장으로 변했고 어느 나라에선 사랑하는 이와의 저녁을 꿈꾸며 퇴근하던 이들이 직격탄을 맞기도 했다. 그러니 한국은 비교적 운이 좋다, 라고 대통령은 말했다가 수없이 욕을 먹었다. 이토록 많은 사람이 사라진 비극을 두고 '운이 좋다.'라고 말하는 것이 인도적으로 용납되지 않을 뿐 아니라 실은, 과연 사라지는 것과 세상에 남아 고통 속에서 아사를 걱정하는 것 중 어떤 방향이 덜 암울한지 누구도 알 수 없었기 때문이었다.

사람들은 거주지의 바깥으로 나가는 즉시 사라졌다.

그 거주지가 주민 등록상 거주지냐 아니냐, 위장 전입한 인간이나 가출한 사람은 어떻게 되는 거냐, 디지털 노마드나 모텔 장기 투숙자 혹은 노숙인은 어찌할 것이냐, 그리고 무엇보다 주민 등록이란 게 애초에 존재하지 않는 국가도 수두룩한데 그곳 국민에겐 어떤 기준이 적용되는 거냐……. 뭐 이런 논란이 잠깐 일었다. 그러나 오래가진 않았다. 인간을 사그라뜨리는 저 위의 존재가, 인간 따위의 논란에는 전혀 관심 없다는 듯 쿨하고 줏대 없는 기준으로 일관했기 때문이었다. 누군 없애고 누군 내버려뒀다. 분명 재랑 함께였던 것 같은데 눈 떠 보니 나만 남은 경우들이 왕왕 생겼다.

그래도 그러한 의혹의 테두리에서 벗어난 교집합에 머물면 안전했다. 예컨대 주민 등록상 거주지 인근의 벽돌이나 콘크리트로 사방이 가로막힌 집, 뭐 이런 곳. 한국 사람들은 다른 어느 나라의 국민보다 빠르게 그 정보를 얻고는 안에 틀어박혔다. 언젠간 이 사태가 수그러들겠지. 누군가 나 대신 먼저 위험을 무릅쓰고 밖에 나가 본 후, 이제 다 괜찮다는 제보를 해 주겠지. 그런 희망을 안고는 엄지를 아래로 내리며 새로 고침만을 죽어라 했다. 서로 쓰는 플랫폼은

다 달랐지만, 엄지의 속도와 방향은 비슷했다.

그리고 주경은,

'그냥 미친 척하고 밖에 나가서 바로 죽어 버릴까?'라고 생각했다.

죽는 것? 그토록 오래 바라 온 기회. 그러나 코앞에서 놀랍게도 망설이고 있었다. 물론 사는 게 죽는 것보다 끔찍하단 생각은 해 왔다. 하지만 너무 아프면 어떡하나? 고통은 극심한데 막상 죽는 데 실패하고 숨만 붙어 있게 되면? 이 세상에선 사라졌는데 알고 보니 더 끔찍한 세상으로 가 버리는 거라면? 그렇게 가 버린 모든 이가 다른 세상에서 후회하고 있으면? 차라리 있던 곳에서 아득바득 버틸 걸 그랬다고 여긴다는 걸 자신도 가고 나서야 깨닫는다면, 그러면 그땐 어떡하나?

그게 너무 무서웠다. 누구도 소멸 뒤에 무엇이 있는지 이야기해 주지 않았기에. 만약 평안한 휴식만이 있다면 당장 스스로 목숨을 끊었을 터이지만, 솔직히 아주 큰 고통이 있더라도 그것이 숨 끊기는 순간의 일시적인 감각인 게 확실하다면 버틸 수 있을 터이지만, 그런 유의 언질은 누구도 해 줄 수 없기 때문에 무서웠다. 아무도 모르는 미지의 공포

탓에 주경은 빌라 공동 현관의 밖을 나갈 수가 없었다.

    자신이 그 정도로 겁쟁이란 사실이 서글펐지만, 아픈 건 죽도록 싫었다. 종말을 바란다고 이야기하는 이들의 대부분은 통증이라고는 없는 마지막을 원했다. 주경 역시 그랬다. 종말은 부드러워야 했다. 종말이 아프다면, 자신을 멸시하며 덜 아픈 현재를 꾹 참아 내는 방법밖에는 없었다.

02

〈나야 나〉는 발매되었던 그 시절에도 사이렌처럼 아무데서나 울렸다. 그러나 이번의 〈나야 나〉는 달랐다. 정말로 세상 모든 스피커를 통해 일제히 울려 댔기 때문이었다. 1차로 끔찍했던 것은 집집마다 소리를 수신하는 타이밍이 미묘하게 달랐다는 점이었다. 가뜩이나 반복적인 노래가 더욱 돌림 노래처럼 들렸다. 2차로 절망적이었던 것은 노래가 들리는 동시에 세상의 모든 모니터도 번쩍 켜졌는데, 똑같은 옷을 차려입은 소년들이 머리를 찰랑이며 춤을 추는 무대가 나오는 대신 축 물먹은 솜처럼 생긴 꼬질꼬질한 무언가가 꾸물대며 허공에 자막을 뱉고 있었다는 것이었다.

글씨는 놀랍게도 한국어였다. 그때까지만 해도 한국인들은 그 영상이 전 세계의 모든 모니터를 통해 송출되고 있다는 것을 알지 못했다. 알았더라면 일단 "주모!"를 부르고 시작했을 텐데, 아쉬운 일이었다.

「1개월 뒤 지구의 운영을 종료한다.」

대충 '솜새끼' 정도로 발음되는 단어로 자신의 이름을 소개한 외계인은 그런 문장을 작성했다. 그와 동시에 목소리로도 같은 말을 전했다. 목소리는 너무 평범해서 돌아서면 바로 잊혔다.

「전 우주 관광 지도의 태양계 평균 별점을 지구가 너무 많이 깎아 먹고 있다. 기피 장소가 될 때까지 뭘 한 건가. 지구를 가만히 뒀다간 태양계의 관광 업계 종사자들이 다 굶어 죽을 판이다. 이에 관광청에서 내린 결단을 통보한다. 이는 지구에 상주하는 원주민들의 과오에 따른 결과이므로 이의 신청은 받지 않는다.」

지구인들의 가장 큰 문제점은 남의 말을 전혀 귀담아듣지 않는다는 것임을 솜새끼는 잘 알고 있었다. 그러므로 많은 부가 설명은 하지 않았다. 그러나 파리 날리며 허물어지는 관광지의 운영을 중단할 때마다 반드시 실행하도록 법으로 정해진 작업이 있었기에, 해야 할 말은 조금 남아 있었다. 사실 이 법은 유명무실한 거나 마찬가지였으나 지구 철거에 빠지지 않고 시행된 데에는 솜새끼의 입김이 컸다. 솜새끼는 지구가 철거될 거란 사실을 안 날부터 줄곧 자신이 이 법을 시행하겠다는 의지를 관광청에 관철시키는 데에 매진해 왔다. 솜새끼는 대체로 욕심 없고 경우 있는 성격이었으나 자신이 좋아하는 것에서만큼은 꼭지가 돈 이처럼 굴곤 했다. 그는 '오타쿠'였다. 지구의 언어에 따르면.

하긴, 지금 자신이 그 법을 시행하고 있는 방식 역시 어떤 작품의 오마주였다.

「태양계 관광청에서는 각 종족의 다양성과 존엄성을 존중하는 전 태양계적 개발을 위해, 운영이 중지된 관광지의 직원 중 일부를 관광청으로 재고용한다.」

여기서부터는 알아듣지 못하는 지구인들이 태반이었다. 솜새끼는 아쉽게도 가독성 있게 문장을 만드는 법을 잘 몰랐다.

「지구 방식대로 아주 경제적으로 말하자면, 관광청에 재고용되는 그 일부 지구인은 우주로 떠난단 얘기다. 그리고 우주식으로 말하자면, 그 외엔 다 수분과 단백질, 지방, 기타

등등의 혼합물이었던 과거를 잃고 기화된다는 말이다.」

솜새끼는 푸휴, 하는 소리를 냈다. 이후 글씨가 딱딱한 고딕체로 바뀌었다. 색의 채도가 훌쩍 높아졌다.

「너희 때문에 태양계가 입은 손해를 생각하면 당장 실행해도 싸다고 관광청에서는 생각하고 있다.」

현실은 영화가 아니라서 그 어떤 히어로도 등장하지 않았다. 한국이 아닌 나라들에서는 몇 없는 한국인 번역가를 찾기 위해 난리법석을 떨었으며 한국은, 실은 대다수가 솜새끼의 글과 말을 바로 이해하지 못했기에 적막해졌다. 문장이 길어지면 머리가 흐려졌다.

「그러니까…….」

솜새끼의 글이 둥둥 떠다녔다. 문체가 조금 바뀌었다.

「그러니까, 아아, 답답하네. 내가 선택해서 우주로 데려가는 지구인 말고는 다 죽는다니까? 그러니 살고 싶어? 그렇다면 최선을 다하라고.」

무슨 최선? 그건 말해 주지도 않고 솜새끼는 방송을 종료해 버렸다. 아, 그전에 예고를 하긴 했다. 다음 날 모시에 자신의 인터뷰가 있을 테니 어디 나가지 말고 보라고 말이다. 웃긴 말이었다. '나가지 말라.'니. 장난하나, 지금.

*

솜새끼는 뉴 미디어 콘텐츠로 아주 유명해진 어느 MC의 여의도 자택에 슬그머니 침입해 인터뷰를 잡았다. 아이돌 컴백 특집이나 새 영화 홍보를 도맡아 진행하던 그는 정말이지 대단히 숙련된 베테랑이어서, 전혀 예정되지 않았던 1시간 동안의 사전 인터뷰 내내 솜새끼를 크게 만족시켰으며 이어진 라이브 방송에서도 빠르고 강력한 진행 능력을 보여 주었다.

오길 잘했어, 하고 솜새끼는 두근거리는 심장을 숨기고는 눈물을 조금 훔쳤다. 그 나이 먹도록 정신 못 차리고 아무도 모르는 마이너 장르만 판다고 여기저기서 탄압을 당하면서도 꿋꿋하게 지구에 발을 디딜 그날만을 향해 달려온 보람이 있는 것이었다. 심지어 모든 지구인이 자신에게 집중하고 있었고 유튜브 채널이 열렸을 때부터 1화도 빠지지 않고 전부 시청했던 콘텐츠의 MC가 자신을 인터뷰하고 있었으며 이제 곧 자신이 연출한 초거대 서바이벌이 시작될 참이었다. 지구가 사라질 거란 소식을 처음 듣고 얼마나 충격을 받았던가. 그러나 솜새끼는 최선을 다했으며 위기는 기회가 되었다. 이것은 열망이, 그리고 사랑이 낳은 결과였다. 솜새끼는 MC의 곱슬거리는 머리카락을 흐뭇하게 바라보았다. 유튜브에서만 보던 이를 실제로 이렇게 마주하게 되다니. 기어코 꾸역꾸역 열심히 달려와 기회를 만들어낸 자신이 너무 사랑스럽고 자랑스러워서 몸이 찢어질 것 같았다.

*

그리고 솜새끼의 인터뷰 라이브를 안방에서 시청한 전 세계의 생존자들은 60억 지구인의 목숨이 인간같이 생기지도 않은 섬유 덩어리 오타쿠 단 하나의 광기에 좌우지될 수 있다는 사실에 깊이 상처를 받았다. 그러나 생각해보면 원래 대량 학살이란 유구하게도 단 하나의 미치광이가 주도하게 되는 법이었다. 그들은 언제나 무엇인가를 향한 사랑으로 가득 차 있었으며 자신이 가진 숭고함에 의심을 품지 않았다.

03

주경은 천천히 층계를 걸어 내려갔다. 양쪽 콧구멍이 모두 막혀서 입으로 숨을 쉬어야 했다. 부르튼 입술에 콧물이 닿아서 쓰라렸다. 누군가 현관문을 빼꼼 열었다가 주경을 보고는 서둘러 쾅 소리를 내며 닫았지만, 그 소리가 들리지 않았다. 그 집 현관문 밖에는 쓰레기가 가득했다. 대부분이 500ml짜리 음료 페트병이었다.

귀에서 계속 이명이 들렸다. 얼굴 뼈가 욱신거렸다.

5층, 4층.

엄마와 아빠는 왜 결혼을 해서 나를 낳았을까? 저렇게 최선을 다해 싸울 빌미를 찾아내는 사람들이 대체 왜. 누가 협박이라도 했을까? 너희 둘이서 결혼해 애를 낳아 불행하게 키우지 않으면 굶어 죽이겠다, 하는 식으로 말이다.

3층, 2층.

다른 집도 다 이럴까. 다 이러는데 상처받지 않고 사는 걸까. 상처받는데 우는 건 쪽팔리니까 숨기면서 사는 걸까. 아니면 잊는 걸까. 주경은 가지 못한 입학식을 떠올렸다. 교과서를 하나도 받지 않은 첫날에도 6시간의 자율 학습을 버틸 수 있도록 묵직하게 챙겨 놓은 책가방을 생각했다.

1층.

곱슬머리 MC 옆에서 푸르르 흔들리던 그 이상한 생물체가 했던 말이 뭐였더라. 한 중반부터 아빠가 느닷없이 욕을 하며 재떨이를 집어 던지는 바람에 제대로 듣지 못했다. 재떨이는 솜새끼가 나오던 TV를 향하지 않았다. TV는 비싸니까. 그건 주경의 얼굴 옆을 향해 날아왔다. 주경은 키워 준 은혜를 존재로 갚아야 하는 빚쟁이니까.

그러니까 아직 재떨이가 주경의 귀를 망가뜨리기 전에, 그 이상한 생물체, 솜새끼인지 뭔지는 전날보다 조금 덜 경직된 말투로 이야기했다. 관광지를 철거할 때마다 그 행성의 문화를 가장 사랑하는 담당자가 배치된다고. 그렇게 애정을 가진 이가 담당을 해야만 장소와 거주민의 존엄성을 해치지 않는 방향으로 정책이 시행될 수 있다고. 그러나 애초에 지구에 관심을 가진 이가 없어 담당자를 찾지 못하던 차에 자신의 지구 콘텐츠 시청 시간이 발각되면서 어쩔 수 없이 악역을 맡게 되었다고 그는 솔직히 털어놓았다.

"얼마나 보셨는데요?"

「모든 플랫폼 다 더해 보니까 총 재생 시간이 32만 3천 년 정도 되더군요.」

"아니, 뭐……. 외계인 분들은 다 보통 비슷하게 많이 보시죠? 막 긴 여행도 많이 해야 되고 시간도 건너뛰고 그러니까. 에, 심심할 시간이 많잖아요?"

그러자 그동안 자못 수줍어하던 솜새끼의 어투가 갑자기 딱딱해졌다.

「아니요. 없습니다. 저 말고 이렇게까지 지구 문화에 열정적인 자는. 아무도 없습니다. 저는 언제나 외로웠고 언제나 탄압받았어요. 가족조차 저를 이해하지 못했습니다. 저는 언제나 혼자였어요.」

주경은 공동 현관 앞에 서서 손목을 문질렀다. 솜새끼는 특히 한국에서 나온 작품들을 정말 좋아한다고 숱한 작품의 제목을 읊으며 찬양했다. 그때까지만 해도 아빠는 흡족해했다. 아빠의 표정이 점점 무너지기 시작한 것은 솜새끼가 인류 마지막 서바이벌 프로그램의 계획을 떠들던 때였다. 솜새끼는 한국의 내로라하는 글쟁이들을 섭외해 세상 종말의 방식을 쓰게 하여 그걸 후보로 서바이벌을 진행할 거라고 했다. 조작이나 악마의 편집 없이 오로지 시청자의 투표로만 1위를 뽑을 것이며 우승을 거머쥔 시나리오대로 지구는 사라질 예정이라고 설명했다.

그랬더니 아빠가 뭐라고 소리를 질렀더라.

"저 씹, 저 개같은 것이, 어? 지금 대한민국을 조롱하고 엿 먹이는 거라고. 어? 쪽팔려 죽겠네. 정신 나간 여편네들은 좋아하겠지. 맨날 하는 게 문자 투표잖아, 어? 그놈의 문자 투표! 샵 어쩌구저쩌구, 그 개같은! 멍청이들을 홀리는!"

MC가 입을 열었고 주경은 아빠의 고함 사이사이 들리는 그의 질문을 놓치지 않기 위해 신경을 집중했다.

"그러면 어차피 다 죽는 거 아닌가요? 왜 그걸 우리가 해야 하죠?"

솜새끼는 대답했다.

「최종 선정된 후보에게 투표한 분들은 저희와 함께 우주로 나가서 계속 삶을 이어 살 것이니까요! 단 한 분도 누락시키지 않고 모실 계획입니다.」

"왜 굳이 우리나라에까지 와서 우리나라 작가를 데리고 서바이벌을 시키려는 거예요? 할리우드 같은 곳이 아무래도 더 대표성이 있지 않을까요?"

「할리우드라니!」

솜새끼가 코웃음을 쳤다.

「그 사람들은 절대로 여기 열심히 참여해 주지 않을 거예요. 전 세계의 운명이 달려 있지만, 전 세계 사람들에게 어필할 생각도 하지 않고 오로지 그냥 자기네 인종 입맛에 맞는 결과물만 얻어 내기에 급급할 거예요. 그러나 한국인들은 달라요. 한국 사람들은 외국인들에게 인정받는 걸 세상에서 제일 사랑하는 민족이라고요. 즉 지구인 모두의 마음을 어떻게든 자기 쪽으로 돌려놓고자 가장 열심히 몰두할 사람들이라 이거죠. 국위 선양. 한국인들이 가장 좋아하는 거잖아요? 게다가 저는 아무래도 한국의 그 날카롭고 독보적인 프로그램을 너무나도 재미있게 봐서 꼭 한번 같이 작업을 하고 싶었단 말입니다.」

예전엔 공동 현관 앞에서조차 5층 주인집의 끔찍한 소리를 아스라이 들을 수 있었다. 그 소리를 향해 천천히 층계를 오르곤 했다.

그러나 지금은 아니었다. 이제 학교에 갈 수도 없겠구나, 귀가 안 들리는데 어떻게 버티지. 주경은 흐느끼다가 어차피 고등학교란 건 더 이상 존재하지 않을 거라는 사실을 깨닫곤 더 크게 울었다. 1층에도 두 가구가 살았지만, 주경이 비명을 질러도 나오지 않을 사람들이었다.

주경이 눈물을 멈춘 것은 솜새끼가 뱉었던 우주, 라는 단어에 생각이 미쳤을 때였다.

'우주?'

호흡할 수 없는 우주. 매질이 없어 소리도 전달되지 않아 아무도 서로의 말을 들을 수 없을 우주. 중력이 없어 물건을 던져도 깨지지 않고 둥둥 떠다닐 뿐일 우주. 파편에 다치지 않고 나쁜 말이 귀로 들어오지 않으며 비참한 삶이 지속되지 않을 우주.

'만약 엄마와 아빠 없이 혼자 우주에 갈 수 있게 된다면 어떨까? 좋을까?'

공동 현관에는 먼지 쌓인 자전거가 세 대 놓여 있었다.

현관이 워낙 좁아서 한 대는 지하로 가는 층계의 입구를 거의 막은 채였다. 주경은 다른 층과는 달리 지하층에는 한 번도 내려가 본 적이 없었다. 내려갈 일이 없었다. 당연하게도 5층 꼭대기에서 내려와 1층 공동 현관으로 나가는 게 매일의 루틴이었으니까. 다른 층의 사람들이 어떤 우유를 마시는지, 어떤 택배를 받았는지, 도시가스비를 연체했는지 아닌지 주경은 등하교할 때마다 눈에 담을 수 있었으나 지하층의 세입자에 대해서만큼은 그러지 않았다. 주경은 그에 대해 아무것도 몰랐다.

아니, 한 가지가 기억났다. 처음 그 세입자가 들어오던 날 저녁 식사 자리에서 엄마, 아빠가 공을 주고받듯 나눴던 말. 외국에서 떠돌면서 살았다데. 여자가 몸에 뭐 그렇게 문신이 많은지. 외국에서 살았으니 몸은 함부로 안 굴렸나 몰라. 그렇지 않아도 얘기했어, 다른 세입자한테 피해 주지 말라고. 집에 혼자 처박혀 약이라도 하면 어쩌지? 여보. 응? 지하잖아, 안 보여. 밖으로만 안 새면 차라리 그게 나아. 그런데 그 벽에 곰팡이는 어떻게 했어? 그거? 그냥 냅뒀지. 벽 다시 발라 봤자 또 생기고. 지하방에 곰팡이 하나 없는 게 더 이상하잖아? 그거 가지고 뭐라고 하는 사람은 지하방

살면 안 되지, 돈 더 들고 와서 위층 살아야지. 근데 그 여자 있잖아, 여보. 응. 무슨 일을 할까? 술집 다닐까? 아니면 몸을······.

주경은 손을 뻗어서 층계를 가로막은 자전거를 천천히 옮기기 시작했다. 자전거 핸들 위에 두텁게 쌓인 먼지 위로 주경의 손자국이 났다. 주경에겐 딱 두 가지 생각뿐이었다. 땅속에서는 어차피 소리가 들리지 않을 테니 공포심이 누그러들 거라는 희망. 그리고 엄마, 아빠가 그토록 싫어했던 세입자, 그들 기준으로 가장 '닮아선 안 될' 여자를 실제로 만나 보고 싶다는 반항적인 호기심.

어둠은 불연속적으로 뚝뚝 끊어지며 짙어졌다. 층계를 한 걸음씩 내려갈 때마다 공간이 뒤틀리는 것 같았다. 콧구멍의 안쪽 점막을 뒤덮는 냄새도 아래로 향할수록 급격하게 눅진하고 알싸해졌다. 마지막 계단에까지 내려서고 나서야 주경의 오른손에 조명 스위치가 만져졌다. 딸깍, 소리를 내며 스위치를 눌렀지만, 아무것도 변하지 않았다. 계속 어둠이었다. 등이 나간 모양이었다.

지하에는 창고 하나와 방 하나가 있다고 들은 적이 있었다. 핸드폰 빛이 짧고 좁은 복도를 비추었다. 왼쪽의 출입문에 빗자루가 비스듬히 기대어 있는 걸 보니 그곳이 창고인 모양이었다. 주경은 오른쪽으로 몸을 틀었다. 문에 번호가 붙어 있었다. B01.

귀에선 계속 이명이 들렸다. 주경은 숨을 죽이고 천천히 뒤로 걸어 등을 벽에 기댔다. 긴장이 풀려서인지 팔다리가 뻐근하게 아팠다. 조금 주저하다가 바닥에 엉덩이를 대고 앉았다. 바닥이 더러울 것 같았지만 어차피 깜깜해서 분간되지 않았다. 게다가 밖에 나가지 못하게 된 이후로 주경도 다른 가족들도 조금씩 지저분해지고 있던 차였다. 모습을 보여 줄 사람이 딱히 없으니까.

처음 고립되기 시작했을 때, 주경은 빌라 안에서라도 무언가 사람들끼리의 교류가 일어날 수 있을 거라 착각했다. 어쨌든 지붕과 벽이 있는 건물 내에서는 해를 입을 위험이 없었으니. 같이 사는 세상이니까. 그러나 빌라 사람들은 절대 밖으로 나오지 않았다. 문을 꽁꽁 걸어 잠그고서는 죽었는지 살았는지 실마리조차 주지 않았다. 음, 아니다. 어쩌면 자기들끼리는 교류를 하는지도 모른다. 건물주에게만 이야기하지 않을 뿐.

주경은 코가 축축하게 젖어 드는 걸 느끼곤 검지로 인중을 훔쳤다. 그러나 이미 늦었다. 정말로 울고 싶지 않은데, 감정 따위 드러내지 않는 멋진 사람이 되고 싶은데. 그러나 자꾸 아무 때나 눈물이 났다. 자기가 우는 게 너무 싫고 아이처럼 우는 자신을 흠씬 패고 싶을 만큼 너무 증오스러워서 울지 않는 연습도 참 많이 했는데 실패했다. 어쨌든 주경은 지하의 어둠 속에서 고요한 시야와 요란한 이명에 압도되어 울었다. 그래서 B01호의 문이 열리고 튀어나온 얼굴의 첫인상이 어땠는지는 나중에도 기억하지 못했다. 눈물이 시야를 완전히 막았으니까. 그래서 그때부터 주경은 상상하게 되었다. 만약 우주에 간다면, 아마도 우주에 맞는 안구를 장착시켜 주지 않을까? 그렇다면 그 안구에는 눈물을 흘리는 기능은 없기를 바랐다. 흐릿한 시야 때문에 경이로운 순간을 놓치고 싶지는 않았으니까.

B01호의 문은 주경이 가장 시끄럽게 오열하고 있을 때 열렸다. 방의 주인이 뭐라고 말했지만, 주경은 알아듣지 못했다. 나중에야 그 주인이 적은 글을 통해 알았다. 그는 이렇게 말했다.

"전설의 고향인 줄 알았네. 야, 간 떨어지는 줄 알았다 야."

04

솜새끼는 행복했다. 사인도 많이 받고 이야기도 끝없이 나누었다. 태어나서 지금까지 이렇게 예술에 대한 사랑과 열망이 차오른 적이 없었다. 그렇다, 예술은 범우주적인 것이었다. 지구는 이제 곧 사라지지만, 그 산물은 보존될 것이고 몇백 년 후의 어린 힙스터들이 찾아와서는 몇백만 배의 가격을 제시하며 안목 있는 컬렉터로서의 솜 선배를 추앙할 터였다. 솜새끼는 지구라는 마이너 중의 마이너 중의 마이너 행성의 전부를 언제나 주목했다. 좋아서 뜯어 먹고 싶었다.

「한국 작가상 3회 연속 수상, A! 지니 서점 2년 연속 한국

소설 분야 판매량 1위, B! 절필 10년 만에 다시 펜을 잡은 전설의 귀환, C! 한국 드라마는 나 이전과 이후로 나뉜다, D!」

어느 초호화 펜트하우스를 통째로 비운 후 관심 두던 작가들을 모아 집어넣는 것은 솜새끼에겐 일도 아니었다. 가슴이 뛰었다. 개인적으로는 10년 전 도발적인 작품으로 데뷔해 유명세를 날렸던 A를 좋아했는데, 막상 모아 놓고 나니 목숨이 경각에 놓인 상황에서도 C 앞에서 허리를 조아리고 굽신거리는 게 마음에 들지 않아 고민하다가 B를 응원하기로 마음을 고쳐먹었다. B는 20년간 무명이었다가 요 몇 년간 갑자기 유명해진 작가였기에 왠지 감정 이입이 되었다. A부터 J까지 총 10명의 후보를 모아 놓고 솜새끼는 혼자 밖으로 나갔다. 아무도 없는 공원 벤치에 비스듬히 누워 펜트하우스 안에서 우왕좌왕하는 작가들의 모습을 태블릿으로 실시간 관람했다. 영상으로 띄울 수 있었지만, 굳이 지구의 매체로 확인해 보고 싶었다. 확실히 그 편이 훨씬 솜새끼의 두뇌와 신경을 간지럽게 했다. 그들에게 첫 미션을 주고 공원까지 걸어오는 그 짧은 시간 동안 벌써 D와 G는 싸우기 시작했다. 너무 좋아! 완전 재밌어! 지구 최고! 솜새끼는 태블릿을 벤치에 올려놓고 핸드폰을 꺼내 SNS를

켰다. 온통 서바이벌에 대한 이야기뿐이었다. 온갖 나라의 언어로 논쟁이 붙었다. 주제는 다양했다. '대체 쟤들이 뽑힌 잣대가 무엇이며 그것은 과연 공정한가.'부터 '고통의 종말이냐 무통의 안식이냐, 당신의 선택은?'까지. 그리고 솜새끼의 모습을 캡처한 클립도 자주 올라왔다. 그 클립에 사람들은 욕을 했다. 솜새끼는 조금 미안해졌다. 솜새끼가 카메라에 들이민 것은 얼굴이 아니라 엉덩이였으니까. 엉덩이에 대고 욕을 해 봤자 방귀나 뒤집어쓸 뿐이다.

*

한편 작가들은 미칠 지경이었다.

처음에는 자포자기하는 심경이었다. 어차피 이래저래 죽을 거, 실컷 글이나 쓰고 죽자는 생각이 가장 컸다. 지긋지긋한 집을 벗어나 다른 사람들을 만날 수 있다는 것도 구미가 당기는 이유였다. 게다가 이 아비규환 속에서도 작품을 남에게 선보일 수 있다는 점은 작가들에게 최고의 특혜였다. 전 세계 사람들이 알게 되는 유작이라……. A부터 J까지 그 누구도 영미권의 작가가 아니었으니 절대 꿈에서

조차 생각지 못했던 기름진 영예였다.

그러나 역시 입이 문제였다. 혼자 갇혀서 키보드나 두드리게 시키면 재미가 영 없을 것 같아 솜새끼는 일부러 토론 시간을 만들었다. 매일 몇 시간씩 공용 공간에 모여 어느 정도로 작업을 했는지 이야기하고 자신이 구상한 내용을 나누어야만 했다. 거기까지만 요구했다. 싸우라고는 안 했다. 오히려 싸움을 일으켜 전 세계 시청자들에게 즐거움을 선사한 건 작가들이었다.

첫 논쟁은 끔찍하고 고통스러운 종말과 스펙터클한 면 없이 평온한 종말 중 사람들은 어떤 쪽을 더 원할까, 라는 주제였다. 가장 원로인 C가 던진 논제였고 처음에는 다들 뜨뜻미지근하게 "음……. 당연히 스르르 꿈꾸듯 죽는 걸 원하지 않을까요, 고통 없이……."라고 대답했다. 그러나 C는 그따위로 안이하게 생각해서는 안 된다며 냅다 호통을 쳤다.

그러니까, C의 논지는 이랬다. 인류에게는 수학적 확률과 관계없이 언제나 자신이 선택받을 거라고 생각하는 경향성이 있다. 매주 토요일 오후마다 로또 판매점 앞에 길게 늘어선 줄을 보라! 그 개미 똥구멍만 한 확률에도 목매는 것이 사람일진대, 지금 이 프로그램을 통해서는 무려 10분의 1의 확률로 살아서 우주로 나갈 수 있단 말이다. 그렇다면 모두는 당연히 자신이 우주로 나가는 무리에 속할 것이라고 확신한 후에 투표를 하게 된다. 즉, 자신이 반드시 안전하다는 확신 아래, 어떤 광경을 영화 보듯 감상하고 싶은지 고르게 될 거라는 이야기였다.

역시 선생님이시라고 A가 손뼉을 치는 모습이 전 세계의 모니터를 꽉 메웠다. 도발적인 문학계 앙팡 테리블의 모습을 기억하는 일부 팬들은 실망을 금치 못했지만, 전 세계라는 시장에서 보자면 A 역시 10분의 1짜리 도전자일 뿐이었다.

"그러면, 선생님께서는 인간성을 믿지 않으시는 겁니까?"

반기를 들고 나선 이는 B였다. C는 "인간성이란 게 대체 뭡니까?"라고 반문한 뒤, 고개를 끄덕거렸다. 뭐 누구누구의 이름을 들먹이면서 어려운 이야길 하기도 했는데, C 자신을 제외한 어느 누구도 그 문학 연구자를 알지 못했다. 당연했다. 그는 그저 C가 유학하던 당시 연구실 동료에 불과했기 때문이었다. 아주 길고 이국적인, 유럽 동쪽 어디 냄새가 나는 이름이 대단히 멋있던 인간. C의 말이 동시통역되었을 때 동구권 사람들은 극동아시아의 소설가까지 알 정도로 유명한 자국의 문학가를 자신들이 모른단 사실에 깊은 자괴감을 느껴야만 했다.

B는 다시 외쳤다.

"당신이 쓴 대로 사람이 죽어요. 그래도 잔혹하게 쓰겠다고? 난 절대 못 해. 당신들이 그런 식으로 쓰레기를 써내서 인기를 얻는다 해도, 나는 절대 그렇게 못 해!"

하이라이트는 그 순간 구석에서 벌떡 일어난 F가 만들어 냈다.

"착한 척 오지시네. 네가 작년에 보낸 메일 나는 아직도 밤마다 읽으면서 울어, 이 개새끼야."

알고 봤더니 F는 유명세를 얻고 기고만장해진 B에게 시달렸던 그의 담당 편집자였다나 뭐라나. 커다란 두 눈에 담긴 그렁그렁한 눈물을 솜새끼는 클로즈업해서 몇 번이고 반복 재생했다. 그래서 결국 첫 번째 미팅을 마치고 가장 핫해진 이는 F였다. '#F야_울지않게_해줄게'와 같은 해시태그가 실시간 트렌드에 넘실거렸다.

05

 미림은 술집에서 일하지도 않았고 마약을 하지도 않았다. 법을 어기지도 않았고 세금도 꼬박꼬박 냈으며 소리 내지 않고 조용히 말하거나 빠르게 쓸 줄 아는 사람이었다. 게다가 놀랍게도 7개 나라의 언어를 유창하게 다룰 줄 알았다. 공부도 오래 했고 번역한 책도 아주 많았다. 눅눅한 미림의 집에서 주경은 알아들을 수 없는 활자로 가득한 책을 후루룩 넘겨 보았다. 미림의 집에는 책과 냉동식품 그리고 오래된 술병밖엔 없는 것 같았다.
 눈에 보이는 게 적을수록 이명은 잦아들었으나 완전히 낫지는 않았다. 그래서 주경은 목소리로, 미림은 키보드로 대화했다.

그렇게 똑똑한데 왜 지하에서 사느냐고 물었더니 미림은 번역가란 원래 그런 것이라고 대답했다. 주경은 조금 이해가 되지 않았다. 5층의 성채에 살아야 할 능력을 갖춘 사람은 아무리 봐도 미림 같은데.

미림은 솜새끼의 서바이벌도 동시통역하는 중이라고 했다. 일곱 군데 나라에서 동시에 의뢰가 왔는데, 몸이 두 개가 아니었기에 한 가지 언어만 선택할 수 있었다고 미림은 덧붙였다.

"그중에 어디요?"

주경은 묻고서 한마디 보탰다.

"돈 제일 많이 주는 데로요?"

주경의 집에서는 너무나 당연한 잣대였으니 자연스러운 물음이었다. 미림은 키보드를 두드렸다.

'어차피 멸망할 건데 액수가 무슨 상관이 있니. 그냥 내 마음이 끌리는 데로.'

미림이 선택한 언어는 오랜 내전으로 파산 위기에 몰린 나라의 것이었다. 주경도 그 정도는 알고 있었는데, 괜히 미림이 멋쩍을까 봐 일언반구 하지 않았다. 나중에 후회

했다. 잘했다고 이야기해 줄걸. 당신다운 일을 당신이 해서 좋다고 말해 줄걸.

*

주경은 아침에 눈을 뜨면 밥을 먹는 둥 마는 둥 하고 집을 나섰다. 빛이 강하면 소리가 잘 들리지 않아서 지하가 더 자주 생각났다. 엄마 몰래 반찬을 조금 퍼서 지퍼백에 싸 들고 옷 속에 숨긴 채 층계를 내려갔다. 주경의 부모는 아직까지도 푸른 기가 도는 채소나 가공되지 않은 육류를 재료로 찬을 만들 수가 있었다. 대체 얼마나 재료를 쟁여 놓고 어떻게 방부 처리를 한 건지 주경은 짐작할 수가 없었다. 다만 마른 김과 아직 덜 녹아 서걱대는 냉동 만두나 씹어 먹고 있는 미림에게 조금이라도 나눠 주면 좋을 거란 생각만 들어 슬쩍 행동으로 옮길 뿐이었다.

"너는 누가 최애야?"

아주 짠 브로콜리 이파리 절임을 꼭꼭 씹어 먹은 후 바닥에 나란히 누워 천장을 바라보고 있을 때 미림이 지나가듯 물었다. 그 목소리가 제법 잘 들렸다. 청각이 돌아오고 있나? 안도감에 주경은 살짝 신이 나서 답했다.

"J요."

"그 사람, 되게 무색무취 아니야?"

"그래서 좋은데요. 앞뒤 다른 놈들보다는 나으니까."

"B 같은?"

"예스."

미림은 주경이 왜 그런 놈들을 싫어하는지 알 것 같았다.

"그래도 B, 인기가 많잖아. 그런 사람을 택하면 우주로 갈 가능성이 더 높아지지 않을까?"

주경은 제 귓바퀴를 더듬었다. 멀리서 아스라이 고함 소리가 들려오는 듯한 기분 탓이었다. 환청이야, 내 귀엔 아무것도 들리지 않는걸? 미림은 말했지만, 주경은 자꾸 불안했다. 그 고함 소리가 점점 가까워져 오다가 노크 소리로 바뀔 것 같았다. 익숙한 두 사람이 현관문을 열고 들어와 주경의 손목을 낚아채고 몇 없는 세간을 죄다 부순 후 아주 무거운 책의 모서리로 미림의 머리를 찍어 버릴 듯했다. 어차피 출동할 경찰도 없으니 그들은 능히 그럴 수 있을지도 몰랐다.

"몰라요."

주경은 몸을 배배 꼬았다. 아직도 바닥에 깔린 이불에는 적응되지 않았다. 너무 딱딱해서 등이 배겼다. 자세를 바꿔 옆으로 비스듬히 누워서 말을 이었다.

"착한 척하는 인간들에겐 표를 주고 싶지 않은데. 나쁜 놈도 싫고."

"음."

"언니는 우주로 가고 싶어요? 아니면 여기서 끝내고 싶나?"

주경이 일부러 무심한 목소리를 꾸며 내며 물었다. 미림이 몇 살인지는 몰랐지만, 문신이 가득한 팔다리를 보아하니 그렇게 나이가 많진 않을 듯해 멋대로 언니라고 부르며 반말을 슬쩍슬쩍 섞었다. 그 질문에 미림이 눈가를 찌푸리며 잠시 생각에 잠겼다가 대답했다.

"나는 우주에 가고 싶지 않아."

"헐."

"이제 살 만큼 살고 볼 만큼 봤다는 기분이야. 그래서 제일 인기 없는 방식을 택하곤 끝내 버릴까 싶어. 너는?"

"우주 무조건 가고 싶죠."

곧바로 주경은 말을 이었다.

"가서 겁나 악착같이 살 거예요. 엄청 오래 살 거예요. 대신 조건이 있어요."

"무슨 조건."

"혼자 가서 살 거예요. 누구랑도 가족 같은 건 만들지 않고, 누구도 내 집에 들어오게 하지 않고."

미림은 주경에게 이유를 묻지 않았다. 주경을 본 첫날 귓바퀴를 살피며 이미 대강 짐작했고 주경에게서 조금 들은 바가 있었다. 주경이 아무렇지 않게 집 이야길 할 때마다 조금 미안해졌다. 지하에서는 정말로 5층의 소리가 들리지 않았다. 만약 들렸다면 그 집 문을 두드렸을 것이다. 아니면 하다못해 신고라도 해서 부부에게 경각심을 줬을 것이다. 미림은 반드시 그랬을 것이다. 미림도 아주 오래전 그런 집에서 도망쳐 나왔기 때문에.

곰팡이가 피어도 그리마가 기어다녀도 햇빛이 없어도, 이 지하방은 미림의 생을 통틀어 가장 안온하고 따뜻한 벙커였다. 태어나는 순간부터 생존은 내내 전쟁과 다를 바가 없었고 하루 24시간을 긴장 속에서 움츠리고 보내느라 예쁜 미래 같은 건 상상하지를 못했다. 미사일이 떨어지지 않아도, 총이나 포의 소리가 울리지 않아도 삶의 하루하루가 반쯤 찢긴 자락처럼 대롱대롱 매달린 인생이 있을 터였다. 그렇게 언제쯤 완전히 떨어져 나갈까 두려움에 떨며 살아가는 아이들이 분명 곳곳에 잔존하고 있었다. 미림도 그랬다. 가족과의 연을 끊고 낯선 땅을 떠돈 것 역시 자신의 자취를 아무도 좇지 못하게 하려는 의도에서였다. 모두가 자신을 잊었다고 생각될 무렵 돌아와 이름을 바꾸곤 아사하지 않을 정도의 돈만 벌고 살았다. 조금이라도 성공하면 다시 누군가 자신을 찾아오지 않을까 하여 두려웠다. 실체 없이 뇌리에 새겨진 상처는 쉽게 덮이는 살의 두께보다 깊었다.

"우주에 가서, 성공할 거야?"

"네. 무조건요."

주경은 말하더니, 다시금 미림에게 물었다.

"언니가 번역해 주는 그 나라 있잖아요. 그 나라에서는 누가 제일 인기 많아요?"

"C가 60퍼센트 정도, F가 30퍼센트."

"아아, 정말? C가 왜요?"

"그 나라 국교에서 말하는 종말이랑 비슷하거든, C가 쓰는 게."

음, 겨우 그런 이유? 주경이 말하며 고개를 주억거렸다.

아아. 그래요, 종교는 뭐, 그래요……. 중요하니까. 그러더니 누운 채로 몸을 몇 바퀴 굴리다가 또 질문을 던졌다.

"언니, 있잖아요. 언니는 외국어 완전 잘하니까, 다른 나라 사람들이 쓰는 SNS도, 다 접속할 수 있죠? 해석할 수도 있죠?"

"그거야 어려운 일은 아니지."

"그럼 부탁 하나만 해도 돼요?"

"뭐?"

미림은 머뭇거리는 아이의 얼굴을 채근하지 않고 바라보았다. 아이의 얼굴은 언제나 희끄무레하게 빛나서, 미림은 아이가 야광별처럼 지상의 빛을 담아 지하에서 뿜는 게 아닐까 자주 생각했다. 자신 말고는 아무도 그걸 알아채지 못했던 걸까. 햇빛을 자주 보지 않는 미림의 눈이 예민해져서일까. 미림은 아이가 우주로 나갔을 때 얼마나 더 많은 파장의 빛을 얼굴에 담을 수 있을지 곰곰 상상하고야 말았다.

"혹시 있잖아요, 언니가 여론을 막 조종하든가 해서 1위를 바꿀 수는 없겠죠? 예를 들어서 언니가 번역을 할 때……, 좀 뉘앙스를 다르게 한다든가 하면 언니가 번역하는 나라 사람들은 조금이라도 마음을 바꿀 수도 있잖아요."

미림은 고개를 저었다. 아이고 주경아, 나는 한낱 미물일 뿐이야. 내가 그렇게 대단하면 왜 아직도 지하에 살겠니. 그렇게 말하면서도 마음속으로는 몰래 자신이 번역한 내용으로 서바이벌을 이해할 인구의 숫자를 세었다. 일단 파산한 나라가 있고, 그 나라의 언어를 쓰기 때문에 거기서 번역을 그대로 따올 나라들이 하나, 둘, 셋……. 인구가 어느 정도 되더라.

그런 미림을 살피던 주경이 재차 물었다.

"누가 1위가 될지 정도는 알 수 있어요, 그럼?"

솜새끼가 마지막 순간이 되기 전까지 사전 투표나 지지율 조사 따윈 없다고 못 박았으므로 결과는 완전히 안갯속에 있었다. 숱하게 쏟아지는 정보들을 사람들이 모아 번역기를 돌려 해석했지만, 그 정보가 과연 진짜인지 아니면 자신이 미는 후보를 1위로 만들려는 조작인지 헤아리는 데만 해도 에너지 소모가 컸다. 팔로워가 많은 계정을 돈으로 매수하려 드는 이들이 워낙 많았다. 도박꾼들도 횡행했다. 밖으로 나다니지도 못하면서 어찌 그렇게 돈 욕심은 줄어들지 않는지 몰랐다. 돈을 어디에 쓸 수 있기에?

"그 정도는, 어쩌면 가능."

미림은 이런 상황에서조차 빛을 내는 아이의 얼굴을 꺼뜨리고 싶지 않았다.

"저는 꼭 독립해서 혼자 우주로 갈 거예요."

미림에게 가족이란 굴레에 갇혀 고통받아야 했던 삶은 존재하지 않는 시간이나 마찬가지였으므로.

06

A가 C를 살해한 것은 한국 시간으로 아침형 인간도 올빼미족도 모두 잠들었을 새벽 4시쯤이었다. 살해의 방법은 아주 쉬웠다. 거구의 A가 가뜩이나 왜소한 데다가 나이도 들 만큼 들어 더욱 쪼그라진 원로 C를 협박해 마대에 들어가게 한 뒤 꽁꽁 묶어 베란다 밖으로 내던지는 것쯤은 그다지 대단한 노동도 아니었기 때문이었다. C는 찍소리도 못 하고 어둠 속으로 사라졌고 바닥에 몸이 닿기도 전에 기화했다. A가 간과했던 점은 이 모습이 전 세계에 중계되고 있단 사실이었다. 어느 나라에서는 별로 희망찰 것도 없지만, 어쨌든 하루가 시작되는 아침이었다. 어느 나라에서는 가족

들이 모두 모여 두런두런 굶어 죽지 않기 위한 끼니를 때우는 저녁이있는데, 거기 대고 눈물 한 방울 흘리지 않은 채 사람을 끝장내는 모습을 보이고야 만 것이다. 당장에 SNS는 요동쳤다. A를 퇴출하라는 세력과 옹호하는 세력이 맞붙었다. A가 자신의 행동에 대해 무적의 설명을 붙였기 때문이었다.

"박사 과정 지도 교수였습니다."

거짓말이었다. 나중에 밝혀진 바로는 사건 하루 전 A에게 지인 누군가가 여론 조사 결과를 메시지로 전송한 게 살해의 동기였다. C가 1위, A가 2위였다. 물론 한국 어느 작은 집단에서의 여론 조사였고 전 세계를 대상으로 하는 이 서바이벌의 결과에는 모래알만큼의 비중도 차지하지 못할 게 당연했으나 오랜 합숙으로 피폐해진 A의 눈을 돌아 버리게 하기엔 충분했다.

솜새끼는 당연히 그를 내칠 생각이 없었다. 오히려 얼싸안고 볼에 입을 맞춰 주고 싶은 심정이었다. 자신이 열광해 왔던 지구 창작물의 양상 그대로를 현실로 옮기는 인물이라면, 진정한 페르소나라 할 수 있지 않겠는가? A가 사랑스러워 견딜 수가 없었다. 물론 A 같은 인물을 우주로 데려가는 데에는 오랜 고민이 필요하겠지만, 일단은 신이 났다. 게다가 실은 이 서바이벌이 우주에서도 슬슬 방영되는 중이었다. 연출이 아니고 실제라는 사실에 마침내 우주 것들도 움직이기 시작한 것이다.

그러게, 내가 분명히 이 행성 재밌다고 했어, 안 했어. 자기 장르 영업에 성공한 오타쿠처럼 즐거워하는 생명체도 없다는 것은 이미 우주적 진리인 듯 보였다.

서바이벌이 흥하는 데에는 한국 사람들의 자발적인 홍보 탓도 컸다. 아무래도 한국에서 태어나 한국에서 자란 작가들이 고안해 내는 종말의 방식에는 외국인들이 이해하지 못할 부분들이 분명 있었고 한국인들은 발 벗고 일어나 그러한 사고방식이 나온 맥락을 외국인들에게 미주알고주알 아주 섬세하게 해석해 주었다. 예컨대 모두가 모인 테이블에서 누군가 아련한 목소리로 "전을 부치는 거죠……. 영원히……. 자기 스스로 몸을 갈아 전이 되지 않는 한은 부쳐도 부쳐도 끝나지 않는 거야……."라고 이야기했을 때 왜 어떤 이들은 소스라치거나 박수를 보냈고 어떤 이들은 별로 설득력도 재미도 없다며 시큰둥하게 대했는지에 대해

한국인들은 누가 시키기도 전에 온갖 해석을 일고여덟 가지의 언어로 작성해 퍼 날랐다. 새미있는 지점은 그 해석도 두 갈래로 완연히 갈린단 사실이었다. 그래서 오히려 전 세계 사람들은 점점 알게 되었다. 자신들이 오티티로 본 게 이 나라의 전부는 아닐 거라는 사실을.

그건 솜새끼도 마찬가지였다. 한국에서 근래 20년간 생산된 거의 모든 영상물을 다 봤다고 자부했는데도 낯선 이야기들이 계속해서 흘러나왔다. 처음엔 신기하고 짜릿했는데, 파도 파도 계속 나오니까 마음이 조금씩 구겨졌다. 그러니까……, 그러니까 따돌림을 당하는 기분이었다. 왜 나한텐 이런 얘길 안 했지? 한국인들에게 누구보다 가깝다고 여겼고 자신이 거의 한국인이나 마찬가지라고 생각했으며 실은 자신이 한국에서 태어났다가 우주로 잘못 튕겨 나온 것은 아닐까 하는 상상까지 했는데. 막상 세세히 알게 된 한국은……. 너무 멀었다. 달랐다. 어려웠다.

솜새끼는 자기 안에서 조금씩 차오르는 일종의 배신감과 자괴감을 숨기고 달래려 무진 애를 썼다. 자신이 우주에서 봤던 한국인 팬들은, 진짜로 행복해 보였다. 이런 현실 자각 따위 해 볼 틈도 없이 빼곡하게 밀려드는 환희에 가득

찬 듯 보였다. 솜새끼는 자신도 그렇게 주체할 수 없는 카타르시스로 충만해져 보고 싶었다. 대체 어떤 기분일지 너무너무 궁금해 견딜 수가 없었다. 그걸 한 번이라도 경험할 수 있다면 자신의 영생 따윈 버려도 좋았다.

그렇다. 사실 솜새끼는 어느 정신 나간 선조가 영생과 카타르시스를 바꾸어 버린 어떤 행성에서 왔다. 물론 선조가 조물주와 그런 딜을 했다는 건 신화일 뿐이고 아마 실제로는 그냥 일종의 우울증을 야기하는 바이러스가 죽지도 않고 죽이지도 않은 채 몇만 년 동안 솜새끼의 행성을 뒤덮고 있는지도 몰랐다.

그런데 그토록 동경해 왔던 필멸의 서사 역시 순수한 만족감의 결정체가 아닐 수도 있겠다는 결론에, 솜새끼는 서서히 도달해 갔다.

*

"사람을 죽여도 상관이 없는 서바이벌이었잖아요, 이거?"

이제 작가들은 잠을 자지 못했다. 어차피 한 사람을 빼면 모두가 죽을 것인데도 그랬다. 모두 핏발 선 눈을 하고 계속해서 시나리오를 바꿔 썼다. 점점 끔찍하게. 점점 자극적으로. 자신이 질 거라고는 상상조차 하지 않는 사람들만을 상대로. 그중 예외라면 무색무취의 J 정도였다.

07

 주경이 내려오지 않은 지 일주일이 지났다. 아니, 그보다 더 지났다. 그 이후엔 날짜를 세는 걸 잊었으니까.
 주경을 기다리는 동안 미림은 가능한 모든 수단을 동원해 자신이 알아낼 수 있는 모든 국가에서의 순위를 정리했다. 물론 이 결과가 아주 지엽적일 수도 있었고 하루아침에 뒤집힐 수도 있었으나 어쨌든 미림은 자신이 최선을 다했다는 사실엔 200퍼센트 떳떳했다. 이 결과를 보고 어떤 결정을 하든 그것 역시 주경에게 맡겨야 하겠지만, 그 조그맣고 귀여운 머리를 소리 나게 굴렸으면 좋겠다고 생각했다.
 '태어나선 내내 고통스러운 삶만 살았지만요, 그래도 곧 세상이 끝장날 테니까 이젠 억울해하지 않을게요.'라고 아이가 두 손을 늘어뜨린 채 말한 때마다 지상의 생명체들에 화가 치밀었기에. 심지어 청각을 잃었던 아이가 자신의 말조차 불신하는 기색을 보였기에 더욱. 그래서 보여 주고 싶었다. 너를 위해 누군가가 시간과 힘을 쓰는 날이 생길 때도 있단다. 그것이 금세 무용해진다 하더라도 그 누군가는 별로 상관하지 않고 그저 네가 원했으니까. 너라는 사람이 이 결과를 필요로 했으니까 노력을 기울였을 거야. 살다 보면 아주 가끔 그런 순간을 마주하는 때가 있어서, 그게 나머지 5,200만 겹의 허름하고 꾀죄죄한 결들을 잊게 만들지.

미림은 꾹 참고 기다렸다. 주경이 혹시라도 난감해질까 봐. '그래도 나를 어디 실려 갈 만큼 때리지는 않아요. 며칠 지나면 아물 정도로만 휘둘러요.'라고 주경이 했던 말을 믿는 척하기 위해서. 연유 모를 고통에 익숙해진 이의 언어는 낡은 풍선처럼 숱하게 쪼그라들기 때문에 절대 믿어선 안 된다는 걸 그토록 오랜 세월 동안 몇 번이고 깨달았다. 그 때문에 상처 입었으면서도 또 마음이 약해지려 했다. 무언가 바쁜 일이 있겠지, 하고 미림은 스스로에게 말한 후 말도 안 된다는 생각을 하며 주먹으로 자신의 머리를 쳤다.

바쁜 일이 어디 있단 말인가! 집 밖으로 나가지도 못하는 세상에서! 나는 어찌나 한심한지! 이렇게까지 나 자신을 속여서 편한 삶을 살기 위해 노력했지만, 몸이나 조금 안전했을까. 마음은 언제나 사막과도 같이 말라 있었는데 이제 그마저도 끝이란 말이야. 다! 완전히 다! 이 지리멸렬한 생과 쓸모없는 인간들이 다!

그럴 때마다 미림은 무용한 것을 알면서도 자꾸만 묵은 책들을 꺼내 펼쳤다. 인간들에게 무슨 일이 일어나고 있는지 알 리가 없을 갈색 벌레들이 그 위를 기어다녔다. 주경이 그런 질문을 한 적이 있었다. 이 벌레들은 죽을까요, 살까요? 우주로 함께 갈까요? 이 상황을 알까요? 왜 솜새끼는 인간에게만 집중했을까요? 어쩌면 솜새끼가 말을 안 했다 뿐이지, 얘들도 투표를 할지 몰라요. 그렇잖아요, 어쩌면 나보다 얘들이 책을 더 많이 읽었을 텐데. 누구의 이야기가 가장 훌륭한지도 더 잘 판단할 수 있을 텐데. 저는 이제 평생 고등학교도 가지 못하는데. 그러네요, 솜새끼가 분명 숨기고 있는 걸 거예요. 인간을 너무 잘 아니까 그 맹점을 파고드는 거야. 알고 보니 투표의 주도권은 이 갈색 벌레들이 지니고 있는 거예요!

활자와 이야기, 언어와 그로 인해 만들어지는 어떠한 모양의 인식들이 사람보다 낫다는 생각을 가진 지 얼마나 되었던 것일까. 미림은 페이지 하나를 뜯어냈다. 찢어진 페이지의 첫 문장은 '물약을 마셨다.'였다. 마지막 구두점이 2개로 보여 손날을 세워 털었더니 하나가 되었다. 내가 설불리 한 표를 죽인 걸까? 죄를 지어 버린 걸까? 미림은 문득 겁에 질렸고 그 이유가 자못 미신의 형태를 띠며 그 미신의 근간에 5층의 아이가 존재한다는 사실에 굴복할 수밖에 없었다.

용기를 얻기 위한 이야기를 나는 만들 수 없어. 미림은 생각했다. 나는 번역만 할 뿐이야. 이미 존재하는 것들에 기대어 숨 쉬고 행동할 뿐이야. 그러니 나는 끝내 안 될 거야. 세상이 끝장날 때까지, 지하까지 내려와 주었던 존재에게 그 어떤 손도 내밀지 못하고.

그러나 찢어진 페이지 위의 갈색 벌레들은 계속해서 움직였다. 이상하게도 페이지 위의 모든 개체가 첫 문장 근처만을 맴돌았다. 무언가 말하는 듯 보인다고 미림은 생각했다. 어쩌면 알려 주는 것처럼. 어쩌면 내게 어서 해석해 보라고, 무슨 이야길 들려줄 건지 파악해 보라고 요하는 것처럼…….

…… '물약을 마셨다.'

예를 들어 이럴 수 있겠지. 미림은 상상했다. 아니, 벌레들의 궤적을 읽고 번역했다.

'너는 500년을 산 뱀파이어야. 그래서 아주 많은 언어를 네 것처럼 말할 수 있는 거지. 초월적인 힘이 용해된 물약을 가지고 있지만, 그건 마지막 순간까지 강력한 마법에 묶여 있어. 그렇지, 맞아. 세상 그 어떤 모험 서사를 보아도 필살기는 마지막에 나오잖아. 어린 너는 언제나 왜 그걸 진즉에 쓰지 않았는지 고개를 갸우뚱거리기 마련이었지. 좌우지간 드디어 마지막 순간이 온 거야. 그리고 너는 그 물약의 힘을 이제 세상에 보여 주어야 해. 너의 능력을 너는 몇백 년간 잊고 지냈어. 왜냐고? 말했잖아, 주인공은 마치 철저히 망각한 듯 필살기를 마지막까지 절대 쓰지 않는다는 법칙을. 책장 위에 사는 벌레라면 다 아는 사실이지. 그러나 이제 그 수단을 기억해 내야 할 순간이 왔어. 그 물약은 이미 잊혔고 병에는 먼지가 가득 끼어 있겠지. 하나도 귀중하지 않은 것처럼.'

그러자 벌레들은 갑자기 분주하게 움직였다. 미림은 문득 의문을 품었다. 대체 왜 나는 이런 짓을 하려 들지? 그저 비슷한 유년기를 보냈다는 이유 하나만으로? 그렇지만 나는 그렇게 비현실적으로 이타적인 인물이 전혀 아닌데.

그리고 책벌레들은 말했다……, 라고 미림은 해석했다.

'어렸던 네가 매일 밤 잠들기 전, 간밤에 이루어지길 간절히 기도했던 소원이 뭔지 나는 기억해. 그리고 너는 다음 날 아침마다 실망했지. 그러나 너는 네가 맡은 역을 잘못 알았던 것뿐이야. 너는 하늘에서부터 창문을 향해 날아 들어와 상대를 구할 사람이었지, 창문에 코를 대고 바닥을 보며 눈물을 삼키는 역이 아니었던 거야.'

08

공격을 당할까 봐 잠들지 못하고 누군가 자신을 번쩍 들어 밖으로 내던질까 봐 자리에 앉지 못하는 작가들은 가끔 솜새끼에게 미약하게 항의하였으나 돌아오는 대답은 똑같았다.
「누구도 여기 억지로 끌려 들어온 게 아니잖아?」
솜새끼의 논리였다. 아니, 사실이었다. 어찌 보면 사상 최대의 공모전이나 마찬가지였다. 상금은 여분의 목숨과 추종자들인, 전 세계 사람들에게 여한 없이 자기 작품을 뿌리까지 보여 줄 수 있는 공모전.
다만 그들이 간과했던 점은 작품에 대한 사람들의 관심이 점점 없어질 것이라는 사실이었다. 사람들은 이제 그들이 제시하는 종말의 여러 모습에는 환호도 야유도 하지 않았다. 그들의 눈이 좇는 것은 당장의 갈등이었다.

아주 선하든 아주 악하든, 아주 꼿꼿하든 이중적이든, 마지막까지 짜낸 에너지로 타인을 괴롭히는 몸을 사람들은 원했다.

"우리가 하나로 단일화를 하면 모두 살아남을 수 있는 거 아니에요? 우리가 자기 자신에게만 투표해야 한다는 이야기는 없었잖아요?"

모두가 둘러앉은 공용 공간에서 J가 처음 이야기를 꺼냈을 때 작가들은 퍼뜩 고개를 들었다. 그걸 왜 지금껏 생각하지 못했지? 몇몇이 동시에 신음했다. 그러게. 투표할 대상이 하나밖에 없으면 되는 거잖아? 물론 솜새끼가 또 어떤 장난질을 칠지는 모르겠으나 일단 이대로 다 죽게 놓아둘 수는 없는 것 아니냐, 하는 게 J의 논지였다.

"우리도 밟혔으니 꿈틀은 해 봐야 할 것 아니냐고요. 이러면 다 살 수 있는 걸 왜 우리끼리 싸우고 난리냐고요!"

묘한 긴장감이 물줄기처럼 빠르게 테이블을 훑어 내려

갔다. 그 긴장감이 움푹 모여드는 곳이 A가 앉은 소파 언저리라는 사실을 누구도, 시청자들조차 모를 리가 없었다. C가 기획한 후 작가들의 절반은 A를 비난하며 인간 취급조차 하지 않았고 절반은 A의 일거수일투족에 반응하며 살살 기었다. 그 양상은 주로 십여 년에 가까운 세월 동안 쌓여 온 권력관계의 연장선에 있었으나 전 세계 시청자들이 그 사정까지 다 봐주진 않을 것이기에 과연 어떻게 행동하는 게 더 인기를 얻을 수 있는 길이 될까, 작가들은 머리털이 다 빠지도록 고민에 또 고민을 거듭해야 했다.

J의 이야기를 밤이 내린 공원 벤치에서 들은 솜새끼는 피식 웃었다. 너는 정말 나를 뭐로 보고. 그러고는 바로 1시간 뒤, 중간 투표율이라며 갑작스러운 공지를 했다. J가 꼴찌였고 J에게 가장 먼저 동조했던 H와 I가 근소하게 그 앞에 서 있었다. 셋의 득표율을 더해도 5위보다 못했다.

언제 중간 투표를 했대? 사람들은 그런 물음을 가지지는 않았다. 그저 솜새끼가 의도한 그대로 사고만을 입으로 뱉었다.

"날로 먹으려 했네. 노력도 하지 않으면서, 감히 대가리나 굴려 콩고물을 얻어먹으려 했단 말이야?"

그리고 H와 I는 빠르게 J에게서 멀어져 갔다. 판을 뒤집어엎고 싶었지, 실패자에게 발목을 잡히고 싶지는 않았다.

*

"작가님, 눈앞이 보이지 않아요."

J가 처음 그 말을 했을 때 G는 그게 간접적인 비유라고 착각했다.

"그래요, 저도 그래요. 정말 절망적이지요."

G는 그렇게 대꾸했으나 J는 고개를 저었다. 아니요, 정말로 보이지 않아요.

"빛이 조금이라도 들어오면 그게 온통 번져서요. 모니터도 안 보이고 사람들 눈도 안 보이고 이 공간이 어떻게 생겼는지도 잘 안 보이고. 밤이 되면 조금 나아질까 싶은데, 사실 밤에 더 많이들 작업을 하시잖아요. 스탠드 켜 놓고. 제 방에는 B 작가님 방 불빛이 조금 들어와요. 그냥 아파트였으면 모르겠는데 여기가 또 초호화라 영 희한하게, 동그랗게 생기지 않았습니까……. 뭔가 멋있게 꾸며 놓으려다

보니 설계상의 문제가 있는 모양이에요."

"그래서 요새 자꾸 다용도실에 가 계시는 거군요."

G가 말하자 J가 고개를 끄덕였다.

"예. 빛이 없는 곳이 그곳밖에는 없으니까요. 거기서 손으로 종이에 글씨를 씁니다. 종이를 아주 많이 겹쳐 놓고 꾹꾹 눌러서 글씨를 씁니다. 그렇게 하면 꾹꾹 눌린 윤곽을 아주 희미하게 감각할 수 있거든요. 어쩌다 빛을 괴로워하는 인간이 되어 버렸을까요?"

사실 G는 J의 고민 따위에 큰 관심이 없었다. 그래서 화제를 돌렸다.

"작가님. 이제 다 퇴고하셨죠? 마지막으로 어떻게 결정하셨어요? 방향만이라도 알려 주세요."

보통 작가들 대부분은 마지막 투표율에 영향을 받거나 표절을 당할까 두려워 함구하였지만, 어차피 낙인이 찍힌 J의 경우엔 슬쩍 흘린다고 해서 크게 달라질까 싶은 마음에서였다.

"그렇지요. 저는 어차피, 어차피 꼴찌지요."

J가 웃으며 말했다.

09

 주경은 고등학교에 가면 꼭 야간 자율 학습을 신청하리라고 생각했었다. 동급생이든, 선배든, 선생이든, 아니면 하다못해 급식실 뒤, 외지고 잔반 냄새 가득한 곳에서 담배를 피우는 앞치마 차림의 엄마 또래라 해도 좋으니 반드시 누군가 1명쯤은 주경이라는 형체를 발견해 줄지도 모른다고 상상했다. 와. 얘, 너는 어떻게 항상 학교에 있니? 그런 말을 듣고는 샐쭉 웃으면서 저는 학교에서 사는 유령이걸랑요, 하고 농담인 척 진실을 털어놓고 싶었다. 저는 유령입니다. 저는 기억을 잃고 이 학교에 머물고 있지요. 학교에서 눈을 뜨기 전 마지막 순간은 집이라고 불리던 곳에서의 장면이었어요. 그곳에서 아주 불행하고 많이 아팠어요. 왜, 누구 때문이었냐고요? 모르겠어요. 말할 수 없는 것 같아요. 말해서는 안 되는 것 같아요. 시도할 때마다 자꾸 저의 목구멍이 턱, 턱, 하고 막히거든요. 사람 된 도리에 어긋나기 때문에, 그런 말을 함부로 하여 나를 이 세상에 존재하게끔 만든 어른들을 애달프게 만들면 안 되기 때문에. 억센 손이 저의 머리채를 단박에 잡아채고는 입을 틀어막는 느낌이에요. 그러나 중간의 길들은 잊었어도 적어도 집이라는, 아주 하잘것없는 단음절의 글자가 저의 짧은 평생을 좀먹었던 순간들은 잊지 않고 있습니다. 그러니 저를 집이 아닌 곳에서 받아 주시겠어요? 어때요?

평생의 장래 희망이 겨우, 집이 아닌 곳에서 아침부터 밤까지의 시간을 안전히 소진해 내는 데에 불과했던 유령 아이의 존재를 수용할 수 있나요? 집에 돈은 있는데 꿈도 없고 이루고 싶은 것도 없이 숨만 쉬며 사는 애 같은 건 눌러 죽여야 할 사회악인가요? 그런 애들을 다들 겁나 미워하긴 하던데요.

주경이 사는 꼭대기 층의 문은 다른 세입자들의 얇실하

고 허술한 한 쪽짜리 적갈색 문과는 달랐다. 녹슬지 않는 은색의 절제 양문이 누구나 오를 수 있는 층계의 마지막을 가로막은 채 버티고 있었고 그 안으로 들어가 반 층을 더 올라야만 스테인드글라스를 흉내 낸, 색유리로 만들어 낸 진짜 현관문이 나왔다. 그 현관문의 안으로 발을 들인 사람들은 지금껏 참 다양했다. 우리 잘되게 하시고 우리만 잘되게 하시옵고, 하고 극도의 공동체 의식을 담아 기도하는 책든 사람들이 있었는가 하면 너무 많은 못난 꼴을 보아 집채만 한 남자가 옷을 벗어 던지지 않는 한 그 어떤 것에도 반응하지 않는 가스 검침원이 있었고, 대강 시간만 때우다 간식 때가 되면 부엌을 힐끔거리는 과외 선생이 있었고 돈 빌려 달라고 와서는 배달시킨 중국 음식만 먹고 쫓겨나면서도 지치지 않고 계속 찾아오는 숙부가 있었고…….

그러나 아무도 저를 찾아온 적은 없어서 저는 집에 있으면 그냥 세상에서 소거된 사람처럼 느껴져요, 하고 주경은 미림에게 웅얼댄 적이 있었다. 제가 아직 안 죽고 세상 어딘가에 버티고 있다는 증거는 학교의 출석 기록뿐인데 중학교는 졸업했죠. 고등학교는 아직 안 들어갔는데 이제 세상 멸망할 때까지 교문은 열리지 않을 거죠. 그러면…….

그러면 저는, '없는 사람'으로 끝나는 거네요.

 미림은 계속해서 넘어오는 신물을 참아 냈다. 다 쉬어 버린 걸 알면서도, 여는 순간 고약한 냄새가 날 걸 알면서도 애써 못 본 척 무시해 왔던 술을 입에 쏟아 버린 후였다. 혀뿌리에 남는 맛이 너무 강해 사라질 줄을 몰랐다. 정신이 번쩍 들었다.

 사이렌이 울렸다. 미림의 노트북이 알아서 팟 소리를 내며 켜지더니 솜새끼의 목소리가 울려 퍼졌다.

「투표까지, 1시간!」

"진짜 쓸데없는 일 참 잘하지."

 미림은 중얼거렸다. 1시간 안에 세상이 멸망하는데 애 하나를 억지로 구해 봤자 뭐 어쩔 것인가. 아이가 그 멸망을 살아서 통과할 수 있으리란 보장도 없지 않은가.

 그러나 하늘에서 창문으로 날아 들어오는 주인공은 그런 고민을 해서는 안 됐다. 결과가 달라지지 못한다고 하더라도, 마지막 순간 상대의 시야 안에 온전히 자신만을 위하는 어느 다른 세상의 가능성이 담길 수 있도록 초현실적인 힘을 불러내야만 했다.

오랜만에 본 일요일 정오의 햇빛은 취기를 더했다. 미림은 별에 취해서 중일거렸다. 나는 투명하다, 투명하다. 마지막 순간 초능력은 시작된다. 나는 투명하다. 나는 보이지 않고 들리지 않는 유령이다. 그래서 너희는 겁을 먹을 것이다. 몸을 성큼성큼 움직여 철문을 넘고 스테인드글라스를 지났다. 미림의 손에는 어느새 빈 병이 들려 있었다.

정말로 주문이 통한 것일까? 미림은 그렇게 믿고 싶었다. 집에 들이닥친 불청객이 그저 체구 작은 여자임에도 불구하고 어른이란 사실 자체로 그들이 겁을 먹은 거라면, 그래서 꼬리를 내린 거라면 견딜 수 없으니까. 제삼자의 응시만으로 겁을 먹어 버리는 악을 가만히 내버려두었단 죄책감이 무섭게 밀려드니까. 굳이 아주 커다란 용기를 먹지 않고서도 더 일찍 주경에게 손을 내밀어 줄 수 있었을 텐데, 그러지 못했으니까. 미림은 손에 잡히는 것들을 휘두르면서 생각했다. 나는 너희에게 보이지 않는다, 너희는 제멋대로 움직이는 물건을 보고 두려움에 떨고 있다, 라고.

미림은 집 안의 문을 하나씩 모두 열었다. 마지막으로 열어 본 다용도실에 찾던 얼굴이 있었다. 깨진 병 조각으로 케이블 타이를 잘랐다. 주경의 손목을 틀어쥐고 끌어당겼다. 주경이 눈을 둥그렇게 떴다. 얼굴이 멍투성이였다. 검게 변한 두 눈꺼풀이 퉁퉁 부어 있었다. 앞을 볼 수는 있을까. 못 보더라도 괜찮았다. 아마 주경은 마지막까지 무슨 일이 일어났는지 모를 것이고 죽든 살든, 자신을 미워하기만 하는 것 같던 지구가 마지막 순간 저를 위해 0.1도 정도 움직여 줬다고 여길 터였다.

"누구에게 투표하든."

미림이 낮게 웅얼거렸다. 투명한 성대에서 나오는 목소리도 전달이 될까?

"살아남게 해 줄게."

그러고는 주경의 손을 잡아끌고 발코니 쪽으로 향했다. 집에 아무도 없을 때 우두커니 서서는, '여기서 떨어지면 죽을까?'라고 자주 고민했다던 그곳. 그렇기에 미림은 같이 빛을 보고 싶었다. 주경이 거기서 골백번 떨어졌더라도 땅속의 미림은 무슨 일이 일어났는지 절대로 몰랐을 것이다. 그 아이가 어둑한 지하로 내려와 주지 않았다면.

10

솜새끼는 의기양양한 표정을 짓고서 가운데의 테이블에 가장 편한 자세로 누워 있었다. 자칫 잘못 보면 바닥용 러그를 테이블 위에 구겨 놓은 모양새 같기도 했다. 주변을 둘러보니 다들 안색이 엉망진창이었다. 살해당할까 며칠 잠을 자지 못했고 머리까지 쉼 없이 굴려야 했을, 보통은 소심한 내향형 인간들일 작가들이 정치질까지 해야 했으니 오죽 힘들었을까. 솜새끼는 마치 자신이 이런 상황을 만들지 않은 것처럼 그들을 불쌍히 여기며 쯧쯧, 하고 혀를 찼다. 아직 두 사람이 오지 않아 기다리는 중이었다.

곧 G가 J의 팔을 잡고선 천천히 공용 공간으로 걸어왔다.

J는 한쪽 팔을 뻗어 앞을 계속 더듬으며 미적거렸다. 그 꼴을 응시하던 A가 뭐 하는 수작이지, 하고 중얼거렸다.
"늦게 와서 죄송합니다. 시력이 영 안 좋아져서."
J가 말하자 A가 또 꿍얼댔다.
"누군 건강이 좋아 보입디까?"

솜새끼가 말하며 동시에 허공에 그 내용을 띄웠다.
「마지막 사이렌이 울리면 모두 딛고 계시는 바닥에 한 글자만 적으세요.」
"영어를 모르면 어떻게 하나요?"
「지금껏 다 보고 즐겼으면서 그거 하나 따라 못 그립니까? 모르는 건 모르는 사람 잘못입니다.」

J는 솜새끼 같은 이들이 하나 혹은 그 이상의 행성에 대한 결정권을 움켜쥐어 설치고 다닐 우주에 대해서도 딱히 크게 기대할 것이 없다는 사실을 몇 번이고 깨달으면서, 자기와 같은 생각을 가진 이들이 더 없을까를 고민했다.
더 나은 세상에서 살게 될 거란 희망이 사라진 이들, 누구도 뽑고 싶지 않은 이들이 선택할 수 있는 수가 어딘가에는 아직 존재하지 않을까.

그러나 만약 자신이 무슨 수라도 낸다면 그 행위는 결국 누군가의 종말을 뜻하는 것이나 마찬가지였다. 자신이 이긴다면 자신을 뽑지 않은 사람의, 자신이 진다면 자신의 말에 동조해 준 사람들의.

시나리오를 공개하는 순서를 정하기 위한 제비를 뽑았다. J는 마지막이었다. G가 옆에서 무슨 일이 일어나고 있는지 낮은 목소리로 설명해 주었다.

"솜새끼가 화면 하나를 아무렇지 않다는 듯 띄웠습니다. 일종의 시뮬레이션인 것 같은데요. 저희가 낭독하는 대로 영상화되어 이해를 돕거나 혹은 공포심을 촉발하기 위한……"

시나리오는 다 거기서 거기였다. 어느 건 좀 더 아프거나 끔찍했고 어느 건 조금 부드러울 뿐이었다. 이미 사람들은 작가들이 어떤 아이디어를 생각해 발전시켜 왔는지 별 관심이 없었다.

"마지막, J 작가 시나리오 보여 주시죠."

누구인지 모를 사람의 목소리가 들렸다. 좀 더 오래 앞을 못 봤다면 누군지 알았을 텐데. J는 자리에서 일어섰다. 목이 칼칼했다. 따뜻한 정종을 한 잔 마시고 싶다는 생각이 퍽 크게 들었으나 고개를 흔들었다. 이제 그런 건 더 없을 테니까.

"하나만 물어도 되겠습니까?"

사람들이 일제히 J를 바라보았다. 표정들의 빛깔은 다 달랐다. 무슨 수작이지, 라고 말하고 싶어 보이는 얼굴도 있었고 어쩌면 생애 마지막일지 모르는 호기심을 감추지 못하는 이도 있었다. 그러나 J는 보지 못했다. 솜새끼가 고개를 끄덕이자, G가 말씀하십시오, 하고 대신 일러 주었다. 그제야 솜새끼는 J가 앞을 보지 못한다는 사실을 알게 되었다. 사실 J에게 관심이 없었다. J는 누가 봐도 이미 탈락이 확정된 지망생이었고 재미있는 사고를 일으키지도 않았으니까.

"사람들은 결과를 알게 된 후 죽습니까, 아니면 죽으면서 결과를 알게 됩니까?"

한국인이면서 이렇게 당연한 걸 물어? 솜새끼는 어안이 벙벙했다.

「당연히 결과를 알리고 몇 분가량은 시간을 줘야죠.」

인지하지도 못하는 종말을 선사할 거였으면 뭣 하러 이런 고생을 한단 말인가? 그냥 통첩 없이 깔끔하게 폭파했을 것이다.

「선택을 했으면 웃든 울든 해야지요. 그래야 감상자까지 하나 되는 서바이벌이지, 안 그러면 아무 의미가 없습니다.」

그러자 J의 입가에 미소가 피어올랐다.

"그렇다면 제가 원하는 종말은 한 가지입니다. 누가 가장 많은 표를 얻는지 결과를 알지 못하는 사람만이 시청자였으면 좋겠습니다. 나머지는, 모두 쇼인 겁니다. 이 공간이 모두 다 세트장인 거죠. 아무도 세트 밖으로 나가지 못했던 거고요. 그러나 그들만은 이제 나갈 겁니다. 내내 일방적인 취급을 받았던 시청자의 첫 권리로요. 그리고 쇼는 끝납니다. 세트는 철거됩니다."

그러고는 두 손으로 귀를 막고 눈을 꼭 감았다.

11

미림은 주경의 귀를 막고 입을 맞추었다. J의 결론을 알아서 그런 것은 아니었다. 원래 사랑이 묻은 행동에는 막연한 구석이 꽤 있는 법이었으므로. 주경은 자기도 모르게 눈을 감았다. 보편적으로, 입을 맞출 땐 그래야 한다고들 하니까.

드롭, 드롭, 드롭

01

예원이 꼬똥을 처음 만났을 때 꼬똥은 1살 반, 예원은 39살이었다. 꼬똥은 19kg짜리 믹스견으로 진돗개보다는 털이 조금 더 길고 귀가 수제비처럼 접혀 있는 백구였는데, 생후 3개월쯤 되었을 때 개 농장의 뜬 장에서 구조되어 안락사 없는 사설 보호소에서 살고 있었다. 말이 안락사 없는 보호소지, 흙 위에 지어졌다는 걸 빼고는 뜬 장과 다를 바가 없이 열악한 곳이었다. 개들에게 앵벌이 시키듯 끔찍한 환경을 전시하며 후원금을 받아 처먹는 곳. 예원은 전 애인을 따라 그곳에 봉사 활동을 갔다가 꼬똥을 만났다. 전 애인은 예원과 헤어지며 금방 봉사를 그만두었지만, 예원은 그러지 않았고 1년 동안 꼬똥을 매주 본 후 결국 입양을 결심했다. 이유야 여러 가지였지만 그중 두 번째는, 꼬똥의 모견인 은별이 보호소에서 비참하게 죽어 가는 모습을 목도했기 때문이었다. 꼬똥마저 그렇게 손바닥만 한 견사에서 나이 먹고 죽게 둘 수는 없었다.

첫 번째는, 적어도 하나만큼은 자신 있었기 때문이었다.

'내가 그 어떠한 생명이라도 내 부모가 나를 키웠던 방식보다는 잘 키울 수 있어.'라는 확신.

그렇게 어느새 40살이 된 예원은 몹시 추운 크리스마스에 2살 반이 된 꼬똥을 집으로 데려왔다. 60kg짜리 인간과 19kg짜리 개 한 마리가 살기에 투룸 빌라는 조금 좁지 않나 싶기도 했지만, 산책을 많이 시켜 주면 괜찮다는 네이버 반려견 카페 회원들의 말을 믿었다. 실제로 꼬똥은 처음에는 겁을 많이 먹었으나 곧 평생 거의 본 적 없는 자동차와 오토바이가 가득한 도시 생활에 익숙해졌다. 꼬똥이 두려움을 이기고 대로변에 발을 들였던 날, 꼬똥의 노력과 성장에 예원은 얼마나 감격했던지. 나의 사랑과 노력에 꼬똥이 이러한 성과로 보답하는 거라고 예원은 생각하며 한파 경보가 떨어져도 온몸을 롱패딩으로 중무장한 채 핫팩을 손에 쥐고서는 꼬똥이 가자는 대로 발걸음을 옮겼다. 한번 대로변에 나가니 꼬똥은 겁이 완전히 없어진 듯 똥꼬가 얄쌍해지도록 꼬리를 바짝 세운 채 여기저기를 신나게 돌아다녔다. 예원은 콧물을 줄줄 흘리며 리드 줄을 쥔 채 그 뒤를 따랐다. 꼬똥이 특히 좋아하는 곳은 커다란 호수 공원이었다. 꼬똥은 새벽 4시에도, 오후 1시에도, 오후 7시에도 그곳에 가서 몇 바퀴를 뱅뱅 돌았다. 예원은 발바닥이 터질 것 같아도 꼬똥이 마침내 지칠 때까지 함께해 주었다. 평생 존재를 느낄 일 없던 옥시토신이 넘쳐 나고 있었다. 그렇게 하루 6시간을 꼬똥과 밖에서 보냈다.

문제는 꽃이 피는 봄에 찾아왔다.

봄이 되고 날이 풀리자, 그간 집에만 칩거하고 있던 어린이들이 대거 밖으로 뛰쳐나왔다. 골목 어귀, 신호등 앞, 동네 군데군데 있는 작은 놀이터 그리고 무엇보다 꼬똥이 그토록 좋아했던 호수 공원까지. 그곳들에 어린이들이 가득했다. 킥보드를 타고 자전거 페달을 밟고 엄마 아빠의 손을 잡은 채 소리를 지르는 아이들이었다.

입양 직후의 겨울을 꼬똥과 평화롭게 보낸 예원은 봄이 되자 처음으로 알게 되었다. 꼬똥이 어린이를 죽도록 무서워한다는 사실을. 처음엔 안이하게 생각했었다. 어린이들이 나타났을 때 맛있는 간식을 주면 곧 극복하겠거니 여겼다. 그러나 평소에 환장하던 간식마저 먹지 않으며 어린이들이 있는 공원에서 벗어나려 발버둥 치던 꼬똥이 필사적인 몸부림 끝에 하네스를 벗고서는 8차선 대로로 뛰어들었을 때, 그리고 눈앞이 캄캄해진 예원이 그 뒤를 따라 대로를 무단 횡단했을 때, 빵빵거리는 경적과 미친년이라는 욕설이 등 뒤에 주렁주렁 매달렸을 때, 천만다행으로 차에 치이지 않은 꼬똥을 안은 채 눈물 펑펑 흘리며 다시 줄을 채울 수 있었을 때 예원은 쉽지 않은 과제가 도래했음을 직감했다. 심지어 예원이 사는 빌라는 초등학교 옆에 있었다. 새 학년이 시작된 후 시끄러워진 초등학교의 소음이 방에 그대로 전해졌다. 꼬똥에게는 24시간이 공포의 연속일 뿐이었다.

사람들은 대개 '어린아이를 좋아하고 아끼는 개'라는 이미지를 대단히 선호했고 꼬똥의 공포증을 확인하기 전의 예원 역시 그랬다. 대형 진도 믹스가 어린이를 무서워한다니, 상상도 할 수 없던 성격이었다. 과거에 트라우마가 있었을까? 어떻게 해결할 수 있을까? 혹시 자신감이 부족

한가 싶어 유치원도 보내 보고 가정 방문 훈련사도 불러 보았다. 그러나 아무런 효과가 없었고 1년이 지나 3살 반이 된 꼬똥은 여전히 어린이를 죽도록 두려워하는 중이었다.

그리고 가족 모임 날이 다가왔다.

예원은 가족과 거의 만나지 않았다. '절연'까지는 아니었다. 장녀로서 부모에게 매달 일정 금액의 용돈을 보냈고 여동생 부부와는 1년에 한두 번 정도 연락을 했다. 그러나 거기까지였다. 명절도 누군가의 생일도 모두 바쁘다며 방문을 돈으로 대신했다. 다행히 모두 돈을 어지간히 좋아하는 사람들이었다. 사회성도 없어 결혼도 안―'못'이라고 가족 모두는 믿어 의심치 않았다―해, 번듯한 직장도 없이 프리랜서랍시고 속이나 썩이는 큰딸의 얼굴을 억지로 보느니 용돈을 얻는 게 낫다고 생각하는 모양이었다.

이번 가족 모임은 여동생의 남편이 자기 회사의 이혼남과 예원을 이어 주겠다며 소개팅을 제안했던 이후로 5년 만이었다. 그때 예원은 아주 조용한 목소리로 이건 정말 기분이 나쁘네요, 라고 말했고 제부는 그 말에 단단히 삐쳤다. 제 딴에는 처형을 위해서였다는 거였다. 심지어 그 남자에

비해 예원이 얼마나 '빠지는'지도 열심히 설명했다.

"그게 문제가 아니라 제부, 저는 결혼을 하고 싶어 하지 않는다는 걸 아시잖아요."

"아니, 처형. 그게 다 좋은 사람을 아직 못 만나서 그런 거라니까?"

옆에서 부모가 동조하는 걸 보고 예원은 조용히 일어나 준비한 봉투를 식탁에 올려놓고서는 집을 나왔었다. 가장 두툼한 봉투의 겉면에는 당시 걸음마도 못하던 조카의 이름이 적혀 있었다.

5년간 그토록 피해 왔던 가족 모임에 참석하기로 한 이유는 간단했다. 아버지의 대장에 생긴 종양 하나를 제거했기 때문이었다. 악성도 아니고 양성이었는데 이제 죽을지도 모른다며 하루에도 몇 번이나 전화를 해 대던지. 그래도 딸 된 도리로 축하는 해야 할 것 같았다.

다만 꼬똥을 두고 갈 수 없었다. 호텔링을 알아보았으나 마침 몇몇 애견 호텔의 학대 사건이 불거졌다. 예원은 편도 30만 원짜리 펫 택시를 예약했다. 자가용이 없으니 어쩔 수 없는 일이었다.

또 하나 마음에 걸리는 점이 있었으니, 여동생 부부의

딸이었다. 이제 6살쯤 되었으려나. 그 아이가 온다면 꼬똥은 공포심에 정신을 차리지 못할 터였다. 예원은 조심스레 여동생에게 물었다.

"네 딸, 데리고 오니?"

그러나 여동생이 쾌활하게 대답했다.

"아, 걔는 시댁에 맡기고 갈 거야!"

예원은 너무나 안심해서 그 이유를 물을 생각도 하지 않았다. '아쉽네, 오랜만에 조카 얼굴 보고 싶었는데.'라는 말이라도 했어야 하나, 라는 자각도 통화가 끝난 후에야 비로소 들었다.

그러나 가족 모임 당일, 저녁 식사를 하는 와중에 갑자기 여동생의 시부모가 조카를 데리고 등장했다. 예원은 조카의 얼굴을 제대로 볼 새도 없었다. 발작하듯 무서워하는 꼬똥을 통제해야 했기 때문이었다. 그때까지 참 많은 걸 참아 왔는데, '정상적이지 못하게 사는' 예원에 대한 타박도, 품종견도 아닌 똥개를 데려와서는 입마개도 안 시키고 있다는 호통도 참아 왔는데. 마침내 부모가 꼬리를 말고서는 사지를 뒤틀며 도망가려 드는 꼬똥에게까지 손찌검을 하자 예원은 더는 견딜 수 없었다.

"이런 미친개는 초복에 잡을까, 중복에 잡을까 고민해야지. 애완견은 무슨!"

부모의 주먹에 맞은 꼬똥이 낑낑 소리를 냈다. 그러면서도 이 바보같이 착한 강아지는 짖을 줄도, 사람을 물 줄도 몰랐다. 그저 덜덜 떨 뿐이었다. 예원은 눈물을 흘리며 꼬똥을 안고서는 본가 밖으로 뛰쳐나왔다. 밤 11시였다. 휴대폰을 들어 허겁지겁 펫 택시를 불렀다. 오늘만 60만 원 지출—물론 미리 부모에게 건넨 용돈은 계산에 넣지 않았다—. 그럼에도 괜찮았다. 저들에게서 벗어날 수만 있다면 무엇이든 할 수 있었으므로. 택시 안에서 예원은 내내 부들부들 떠는 꼬똥을 안고 있었다.

"엄마가 미안해, 내 유년기를 망친 사람들에게서 너를 보호하지 못해서."

예원은 중얼거렸다.

엄마가 잘못했어. 다시는 나쁜 사람들 만나지 않게 할게. 아니, 이렇게 하자. 엄마가 집에 가서 바로 이사할 곳을 알아볼게. 꼬똥이 무서워할 어린애들이 없는 곳으로. 그리고 너무 멀어서 가족 모임 같은 거 오라고 말할 수도 없는 곳으로. 엄마 할 수 있어, 그런 곳 찾을 수 있어.

    그렇게 꼬똥과 예원은 한반도 남쪽 끝쯤, 신내면 도상리의 작고 낡은 주택에 전세로 둥지를 틀었다. 거주하던 노인의 사망 후 장남 소유로 방치되던 단층집이었다. 바닷가와 그렇게 가깝지는 않아 피서객도 오지 않고 도로가 잘 갖춰지지 않았기에 장년층에 접어들어 부쩍 눈이 어두워진 예원의 부모가 자가용으로 들르기도 힘든 곳이었다. 예원이 어떻게 살든 왈가왈부할 이웃도 드물었다. 마을 주민 중 최연소자가 무려—예원을 제외한다면—85살이었고 집들도 다 띄엄띄엄 위치해 있었기 때문이었다. 꼬똥을 볼 때마다 커다란 점이 난 턱을 씰룩이며 재수 없다고 욕지거리를 하는 옆집의 노파 때문에 조금 신경이 사납긴 했으나 그는 무려 95살이라 위협이 되기에는 약했다. 물론 예원에게는 여전히 면허가 없었지만, 하루 세 번 운행하는 농어촌 버스를 타고 읍내로 나갈 수 있었으며 추가금을 얹으면 택배도 시킬 수 있었다. 그 정도면 충분하다고 예원은 생각했다. 꼬똥과 안전하게 살기 위해서는 뭐든 할 수 있었다. 프리랜서라 얼마나 다행인지! 프리랜서로서의 가난이 이제는 꼬똥과의 안온한 삶을 위한 운명처럼 여겨졌다. 직장 생활을 했다면 수도권을 떠나기 어려웠을 테니까. 꼬똥이 두려워하는 어린이들이 코빼기도 보이지 않는 도상리에서 살 생각 같은 거, 할 수 없었을 테니까.

꼬똥은 도상리에서 몹시 행복해했다. 그 모습을 보면 예원은 자신이 어느 한 생명에게 그 어떤 순간도 두렵지 않은 생을 선사했다는 사실이 기뻐 조금씩 눈물을 훔치곤 했다. 어렸을 때를 생각해 보면 무섭지 않은 순간이 없었는데, 집이 지옥이었는데.

좋은 양육자가 되는 건 이렇게나 쉬운 일이었다! 하다못해 말 안 통하는 개에게도 가능했으니 말 다 했다. 그런데도 자라는 내내 자신을 그토록 괴롭혔다니. 그것도 모자라 꼬똥에게마저 주먹질을 했다니. 예원은 도상리의 야산을 꼬똥과 누비며 부모에 대한 오랜 앙금을 곱씹었다. 다시는 만나지 않으리라 생각하면서. 물론 그러면서도 매달 보내는 용돈은 여전했지만, 부모가 거는 전화는 잘 받지 않았고 동생의 연락이야 씹은 지 오래였다. 역시 도상리에 오길 잘했어. 예원은 생각했다. 서울에 있었다면 결국 가족들을 만나야 했을 테니까.

*

　어느 날 아침 퍼뜩 눈을 떴다. 사위가 훤했다. 묘한 이상함에 예원은 몸을 일으켰다. 보통은 동트기 한참 전부터 꼬똥이 다가와 얼굴을 핥으며 예원을 깨우곤 했는데.

　"……꼬똥, 엄마 일어났어."

　불러도 답이 없었다. 이상하게 이불이 평소보다 무거웠다. 예원은 끙차, 하며 이불을 걷어 내고 일어섰다. 비몽사몽으로 부엌에 갔는데, 여전히 꼬똥은 보이지 않았다. 일단 목이 말라 물을 마시려고 냉장고를 열었다. 냉장고 문 역시 평소보다 많이 묵직했다. 몸도 찌뿌등했다. 몸살이 났나? 예원은 생각하며 생수병째로 물을 마시고서는 다시 꼬똥의 이름을 불렀다. 그러나 여전히 답이 없었다.

　그리고 그때, 부엌과 연결된 뒷문이 열린 채 방충망이 뚫린 것을 발견했다.

　개장수가 도둑질하러 왔던 걸지도 몰라. 가슴이 철렁 내려앉은 예원은 달려들어 방충망을 열고자 애썼다. 이 낡은 집에는 2개의 출입문이 있었는데, 부엌에 위치한 뒷문은 거의 쓰지 않아 문틀에 녹이 잔뜩 슬어 웬만한 힘으로는 열지 못할 지경이었다. 크기도 작았기에 딱히 잠금장치를 하지 않고 있었다. 그런데 그걸 열어 방충망까지 뚫고서는 개를 납치했다니. 예원은 방충망에 매달리다시피 했다. 그러나 때가 가득 굳어 찐득거리는 문틀은 말을 듣지 않았다. 결국 뚫린 방충망을 두 손으로 헤집어 찢었다. 구멍이 점점 커졌다. 손이 따가웠다. 피가 상처에서 새어 나왔다.

그렇게 방충망을 찢고 뒷문을 통과해 나왔을 때, 예원은 꼬똥을 발견했다. 꼬똥은 집 화단의 가장자리에 꼬리를 만 채 웅크리고 있었다.

"꼬똥! 왜 거기 있어, 엄마 놀랐잖아!"

예원이 소리치며 그쪽으로 달음질쳤다. 안도감이 들자 속도가 더욱 빨라졌다.

그러자 꼬똥은 기겁하며 집 밖으로 돌진하려 들었다. 다행히 마당의 울타리가 있으니 뛰어넘을 수 없었지만. 그리고 그 순간 예원은 무언가가 잘못되었다는 사실을 깨달았다.

꼬똥이 자신을 피하고 있었다는 것은 차치하고서라도.

울타리가 평소에 비해 너무 높았다.

02

 한국에 사는 사람들의 연령층이 반전되었다. 유례없이 심각한 수준의 저출산율에 맞닥뜨려 멸종을 걱정해야 했던 한국인들에게는 몹시 고무적인 일이라고 경제 전문가들은 말했다. 역피라미드 형태의 인구 구성이 다시 피라미드가 되었으니 고령화에 따른 노동력 저하의 문제는 다 옛이야기가 되었다고. 일부 애국 보수 유튜버들은 "와, 한국! 망했네요!"라고 말하며 머리를 쥐어뜯던 외국 좌파 철학자의 짤을 공유하며 조롱했다. 망했냐? 망했냐고? 이제 우리나라는 전 세계에서 가장 젊은 나라란 말이야, 하고 말이다. 누군가는 말했다. 인류 고령화에 따른 멸종의 흐름을 지구상에서 가장 처음으로 거스르기 시작한 게 바로 한국, 한국인이 아닌가! 전 세계인들은 당장 한국으로 와서 외화를 쓰며 이 비결을 배우라! 물론 그 비결이 뭔지 나는 모르지만!

뭐, 나라의 경제가 어떻게 되든 말든 도상리의 예원은 알 바 아니었다. 물론 나이 81살이었던 농어촌 버스의 기사가 브레이크에 발이 안 닿는 아이가 되는 바람에 일을 중단했고 그래서 읍내에 나갈 수 있는 길이 없어졌지만 아직은 괜찮았다. 집에 냉동식품이 수두룩하며 전기는 용케 나가지 않았으니까.

문제는 꼬똥이었다. 밖에 폭우가 내리기 시작하면서 꼬똥은 집으로 들어왔으나 몸집이 작아져 버린 예원과 단둘이 있게 된 탓에 겁을 잔뜩 집어먹고는 죽어라 예원을 피해 다녔다. 예원은 질질 끌리는 바지를 입은 채, 역시나 잔뜩 커져 버린 자신의 옷가지를 들고 눈물을 흘리며 꼬똥을 쫓아다녔다.

"꼬똥, 엄마야. 이 옷 냄새 맡아 봐, 왜 못 알아봐."

그러나 그럴수록 꼬똥은 더욱 심하게 사지를 떨어 댔고 급기야는 오줌을 지리고 말았다. 전에는 목에 칼이 들어오는 한이 있어도 집에서 볼일을 보지 않던 대쪽 같은 실외 배변 견이었는데.

그리고 비가 잦아든 오후 1시, 예원은 리드 줄을 손에 쥔 채로 울음을 터뜨렸다. 산책을 가자는 예원의 말에 꼬똥이 냅다 화장실로 도망쳤기 때문이었다. 볕이 아름다운 오후 1시는 꼬똥이 가장 좋아하는 산책 시간이었다. 도시에서는 아이들이 무서워 낮에 나가길 싫어했던 꼬똥이었으나 도상리로 이사한 후에는 온몸으로 기쁨을 표현했다. 오후 1시만 되면 일하던 예원에게 귀신같이 찾아와서는 산책 나가자며 몸을 부비던 애였다.

예전이었다면 어찌어찌 완력으로 끌고 나가 볼 수도 있었을 테지만, 지금의 예원은 너무 작고 말라져 있었다. 이렇게 작은 몸으로 살았던 게 언제쯤이었더라? 아마 10살 쯤이었던 것 같았다.

10살……. 매일 잠들기 전 내일 깨어나지 않게 해 주세요, 라고 빌었던 시기.

꼬똥 덕분에 간신히 살고 싶어졌는데, 이럴 수는 없었다.

온갖 간식을 이용한 회유에도 꼬똥은 꿈쩍하지 않았고 시간은 속절없이 흘렀다. 해가 저물고 거실이 어두워졌다.

예원은 너무 많이 울어서 눈꺼풀이 퉁퉁 부어 앞이 보이지 않을 지경이었다. 올 때마다 사뿐사뿐 걸어와 눈물을 핥아 주던 꼬똥은 없었다. 이제 자신은 꼬똥에게 위협이 되는 존재일 뿐이었다.

예원이 아주 조금 움직이자 꼬똥이 다시 현관문으로 돌진했다. 몇 번 문을 긁더니 곧 현관문에 온몸을 부딪치기 시작했다. 나가고 싶구나. 도망치고 싶구나, 나에게서부터. 예원은 눈을 힘겹게 뜨며 속으로 중얼거렸다. 죽고 싶은 심정이었다. 그러나 문을 열어 줄 수는 없었다. 문을 여는 순간 꼬똥은 주인 잃은 유기견이 될 테니까.

얼마나 그렇게 대치하고 있었을까. 예원은 잠을 이루지 못하고 밤을 꼴딱 새웠다. 잔뜩 경계 태세를 갖추고 있는 꼬똥 역시 마찬가지였다. 새벽쯤 되자 울컥, 하고 꼬똥이 노란색 토사물을 뱉었다. 공복토였다. 예원이 주는 먹이를 받지 않으며 빈속으로 빙빙 돌기만 했던 탓이었다. 꼬똥, 어떡해. 토했어, 아팠어……! 예원은 저도 모르게 소리를 지르며 두 팔을 벌린 채 꼬똥을 향해 뛰었고 꼬똥은 소스라치며 내빼다가 옷장에 크게 부딪히고서는 낑낑 소리를 내며 울었다.

이러다가는 꼬똥이 아사할지도 모른다. 혹은 스트레스 때문에 죽거나.

그렇게 만들 수는 없었다. 그렇다면 방법은 무엇일까. 아무리 머리를 굴려 봐도 단 한 가지였다. 이 집에 어린이가 아닌 이를 불러오는 것. 그 사람이 꼬똥에게 먹이를 주고 꼬똥을 산책시키도록 하는 것. 지금 이 시점 어린이가 아닌 이라면, 이 요상한 사태가 벌어지기 전 어린이여야 했을 터였다. 내가 아는 어린이가 있나? 예원은 몇 번을 고심했다. 안타깝게도 예원의 인간관계는 극히 제한적이었다. 그럼에도 예원은 지금껏 근근이 먹고살 수 있는 자신의 환경에 만족해 왔는데, 하물며 어린이라니. 그런 건 예원의 사전에 없었다.

아니, 곰곰 생각하니 있긴 했다.
다시는 보지 않을 거라 다짐했었을 뿐.

03

"에엑?"

예원의 집에 도달한 조카는 신이 난 표정으로 말했다. 아니, 말이 아니다. 옹알이를 했다는 표현이 더 어울릴 듯했다. 겉모습은 키 170cm짜리 장년 여성이었지만.

*

예원은 몇 번이나 휴대폰을 쥐었다 놓았다 하며 발만 동동 굴리다가 침을 꿀꺽 삼키고는 여동생에게 전화를 걸었다. 지금은 아마도 성인 여성의 크기가 되었을 조카를 빌려 달라는 말을 하며 예원은 동생이 화를 낼 거라 예상했다. 그러나 동생은 이상하게도 반가워하는 기색을 강하게 드러내더니 곧 물었다.

"공짜로 빌려 달라고?"

그리고 다음 날 아침이 되자마자 조카가 예원의 집에 도착한 것이었다. 이렇게 먼데 힘들지 않았니, 하고 물었더니 또 "에엑?"이라는 답만 날아왔다. 그 옆에서 몸집이 작아진 여동생이 부연 설명을 했다. 대견한 한국인들이 어린이의 몸으로 운전할 수 있는 장치를 금세 발명해 냈다고.

"엄청 비싸긴 해. 근데 오빠네 회사에서 무상으로 지급해 줬다? 역시 대기업이야."

말끝마다 '오빠', 즉 자기 남편의 이야기를 덧붙이는 동생의 버릇은 여전했다.

예원과 동생은 거실에 앉았다. 안방 쪽을 슬쩍 들여다보니 170cm짜리 조카 덕에 꼬똥은 제법 안정된 듯 보였다. 그에게 엉덩이를 들이밀더니 급기야는 배를 보이며 누웠다. 조카는 계속 "에엑?" 소리만을 반복하며 얼굴에 미소를 띤 채 꼬똥을 쓰다듬고 있었다.

어떻게 지냈느냐는 예원의 물음에 동생은 신이 나서 떠

들었다.

"아는 게 많은 사람들이 다 어려지니까 사회에 기름칠을 한 것 같아. 얼마 되지도 않았는데 있지, 모든 게 더 잘 돌아가더라고. 게다가 몸이 자랄 거니까 앞으로 더 성장할 기회만 남았잖아? 얼마나 좋아."

동생은 예원의 손을 잡으며 말을 이었다.

"우리 애 좀 잘 케어해 줘. 나랑 오빠랑, 지금 할 일이 너무 많아서 바빠. 부탁할게, 알겠지?"

그러더니 가쁘게 차를 타고서는 도상리를 도망치듯 떠났다.

*

야속하다, 야속해.

예원은 멀리서 꼬뚱을 바라보았다. 꼬뚱은 조카 곁에서 빙빙 돌더니 앞발을 들어 조카의 손목을 툭툭 건드리고 있었다. 예원이 잘 아는 시그널이었다.

엄마, 나 쉬 마려워. 산책 가자.

쟤는 네 엄마가 아니야! 예원은 울고 싶어졌다. 게다가 말이라고는 에엑, 밖에 못 하는 조카가 꼬똥을 데리고 산책을 무사히 마칠 수 있을 리 만무했다. 예원의 기억으로는 분명 6살이 맞는데 왜 에엑, 밖에 말하지 못하는지는 몰라도……. 좌우지간 집에 돌아오는 길도 못 찾을 터였다.

그리고 무엇보다 예원은 조카에게 호감이 전혀 없었다. 저 애의 부모, 그러니까 예원의 동생과 제부가 결혼하던 당시부터 예원을 얼마나 무시해 왔는지 떠올린다면, 그리고 조카도 그런 부모 밑에서 똑같은 사상을 주입받으면서 자라 왔다면…….

그러나 어쩌겠는가, 내 개의 실외 배변을 위해서라면. 예원은 조카의 허리에 리드 줄을 매 주었다. "에엑?" 밖에 말하지 못하는 애니 단순하게 손에 쥐여 준다면 줄을 충분히 놓칠 수 있다는 계산에서였다. 조카는 키도 컸지만 퍽 과체중이었고 그래서 허리에 술을 맨 조카와 꼬똥은 예원이 줄을 들었을 때보다 훨씬 가까워졌다. 그렇게 가까운데도 꼬똥은 도망치지 않았다. 그게 예원을 우울하게 만들었다. 꼬똥이 예원의 근처에도 오지 않으려 했기에 예원은 멀리 서서 말로만 조카에게 꼬똥의 목줄에 리드 줄 연결 법을 가르쳐 주었다. 조카는 의외로 이해력도 손재주도 좋은지

곧잘 설명을 이해한 후 따라 했다.

    조카가 문을 열자 꼬똥이 꼬리를 세운 채 뛰쳐나갔다. 잡초 가득한 화단을 벗어나자마자 꼬똥은 울퉁불퉁한 시골길에 대고 오줌을 한강만큼 누었다. 얼마나 참았을까. 예원은 한참 뒤에서 꼬똥과 조카를 천천히 쫓아가기 시작했으나 자꾸만 꼬똥이 뒤를 돌아보며 잔뜩 몸을 움츠리길래 걸음을 멈추었다. 한참 예원을 노려보던 꼬똥이 빠르게 다시 앞으로 움직이기 시작했다. 조카가 그 뒤를 싱글벙글 웃으며 따랐다. 다리가 긴 꼬똥과 다리가 길어진 조카의 걸음은, 키가 작아진 예원이 따르기에는 너무나 빨랐다. 게다가 꼬똥은 평소 가장 좋아하던 산책 코스인 야산에 발을 들이는 중이었다. 예원은 금세 그들을 놓쳤다. 꼬똥이 길을 알고 있으니 집에 오지 못할 거라는 걱정은 없었다. 그러나, 그런데도, 왜 이렇게 눈물이 날까. 예원은 엉엉 목 놓아 흐느끼며 까마귀 우는 소리나 들리는 시골길을 혼자 걸어 집으로 돌아왔다. 사람보다 조금 높은 체온의 개가 없는 집은 지나치게 싸늘했다. 눈물은 곧 기침으로 이어졌다.

    가련한 내 개의 유일한 주인, 유일한 세상이 더는 될 수 없다니.

진심을 말하자면, 예원은 물론 꼬똥이 어린이를 두려워하는 것에는 골머리를 앓았지만, 낯선 사람을 경계한다는 성향은 좋아했다. 꼬똥이 아무에게나 꼬리 치는 개였다면 이렇게 사랑하지 못했을 터였다. 꼬똥에게 흠잡을 데 없는 보호자, 꼬똥이 의지할 안식처가 되어 주고 싶다는 열망이 자신의 유년기에 기저 하고 있음을 예원은 모르지 않았다. 그러나 그게 전부가 아니었다. 예원은 인간으로부터 상처받은 꼬똥이 유일하게 믿고 따르는 인간이 되고 싶었고 그것이 자신에게 지옥을 선사했던 어른들에 대한 나름의 응답이자 복수라고 생각했었다. 실제로 예원의 부모를 처음 본 꼬똥이 꼬리를 잔뜩 내리고 짖었을 때 예원은 묘한 희열을 느끼기도 했었다. 그래, 저 사람들 나쁜 사람들이야. 어렸을 때 엄마를 얼마나 힘들게 만들었는지 알아? 속으로 외치면서 꼬똥이 평생 부모의 손길을 허락하지 않기를 바라 마지않았다. 돈 많이 버는 정상 가족이라는 자부심에 예원을 대놓고 깔보던 여동생 부부에 대해서라면, 손가락을 물었어도 속으로 박수를 쳐 주었을 것이었다.

그런데 그 부부의 딸에게 지금 꼬똥은⋯⋯, 자신의 곁을 내어 주고 있었다. 아마 예원이 작아진 지금 믿을 구석이 그뿐이었을 테지만.

    조카와 꼬똥은 2시간 후에 돌아왔다. 조카는 꼬똥의 응가가 든 봉지를 들고 있었다. 그러나 응가를 봉지에 담다가 엎어지기라도 했는지, 열 손가락에도 그것들이 가득 묻어 있었다. 예원은 조카의 커다란 손을 이끌고 화장실로 향했다. 조카는 계속 웃고 있었다.
"더럽지 않지?"
"에엑?"
"꼬똥의 응가는 사람이랑 달라서, 향기가 나."
"에엑?"
"진짜야. 나는 꼬똥의 응가를 먹어 본 적도 있어. 계속 설사를 하는데 동물병원 돌팔이들이 헛다리만 짚었던 적이 있거든. 병원을 몇 개나 돌다 안 되겠어서, 꼬똥이 골목에 싼 걸 내가 찍어 먹어 봤어. 텔레비전에 자주 나오는 유명한 훈련사가 실제로 먹어 봤다고 했거든. 따라 한 거지. 근데 대단한 건 뭔지 알아? 그날 이후로 꼬똥이 설사를 안 했다는 거야. 엄마의 정성에 보답한 거지. 그런 효자야, 우리 꼬똥이. 너는 효녀니?"

"에엑?"

"근데 너 6살 아니었어? 내가 잘못 알았나? '에엑' 말고는 할 줄 아는 말이 없을 정도로 어렸나?"

"……에엥."

"됐다, 말을 말자."

예원은 두툼하고 따스한 조카의 손을 닳도록 문질렀다. 누군가의 손을 만져 본 적이 언제였던가. 꼬똥의 손, 그러니까 앞발을 제외한다면……, 기억이 나지 않았다. 지금 보니 손톱이 너무 자라 있었다. 손거스러미도 많았다. 씻기고 나서 손톱을 다듬어 줘야지, 하고 예원은 생각했다.

다 씻긴 조카의 손을 붙들고 화장실에서 나오자, 문 앞에서 기다리던 꼬똥은 기절초풍하며 도망쳤다. 예원은 조카에게 꼬똥의 사료와 간식을 보관하는 곳을 알려 주고 하루에 밥을 얼마나 챙겨 줘야 하는지 가르쳤다. 조카는 역시나 말귀를 잘 알아듣는 듯 보였다. 조카가 밥그릇에 사료를 담아 내밀자 꼬똥이 달려들어 허겁지겁 먹기 시작했다. 그리고 예원은 조카의 손톱을 잘라 주었다. 조카는 아주 얌전하게 손을 맡겼다.

04

꼬똥의 사료가 예원과 조카가 매일 끼니로 먹는 냉동 만두보다 먼저 떨어졌다. 예원은 지독한 죄책감을 느끼며 서둘러 인터넷 쇼핑몰에 접속했다. 그러나 배송 기사가 모두 아이가 되었으며 유아 사이즈에 맞춰 운전할 수 있게 만들어 주는 바로 그 부품이 몹시 비싸 수급이 어려운 관계로, 예상 도착일은 한 달 후였다. 한 달이라니, 말도 안 되는 일이었다. 사흘이면 사료는 바닥날 터였다.

농어촌 버스 역시 아직도 다니지 않았다. 완전한 고립. 예원은 동생 부부에게 다시금 이곳에 오도록 부탁을 해 볼까 고민했다. 그러나 '겨우' 강아지 사료를 사서 여기까지

와 달라는 말을 철판 깔고 하기에는 예원의 자존심이 허락하지 않았다.

"에엑?"

홀쭉해진 사료 봉투를 든 조카가 발을 쿵쿵 굴렀다.

"에엑, 에엑!"

그 소리가 마치 자신을 타박하는 것처럼 들려 예원은 입술을 꼭 깨물었다. 안다, 알아……. 내가 지금 하나밖에 없는 내 소중한 개를 굶기는 능력 없는 보호자가 되어 가고 있다는 거…….

대량 주문을 하거나 웃돈이라도 준다면 가능하지 않을까. 예원은 꼬똥이 먹는 사료를 파는 인터넷 스토어 판매자에게 전화를 걸었다.

"거기까지는 배송 안 돼요."

무심한 목소리에 예원은 아주 많이 한꺼번에 사면 해 주실 수 있지 않나요? 가령 50만 원어치라든지……, 라고 물었다. 그러자 반대편에 있는 이가 대답했다.

"고객님도 참. 50만 원이 아니라 1,000만 원어치를 사도 마찬가지예요. 거기까지 가면 적자예요, 적자. 그리고 가뜩이나 재고도 없어요, 고객님. 서울에서 주문 들어오는 물량도 다 못 맞추는 실정인데요."

그러고는 전화를 뚝 끊어 버리는 것이었다. 예원은 아무 반응 없는 휴대폰에 대고 평생 할 욕을 다 뱉었다. 무용하다는 것을 알면서도.

마침내 사료가 모두 떨어졌다. 꼬똥은 굶은 지 12시간 만에 노란 공복토를 왈칵 뱉어 냈다. 그 모습을 본 예원보다도 조카가 더 안달이 났다. 에엑, 에엑에엑. 그 큰 몸을 흔들며 불안감을 표하더니 꼬똥을 안고서는 등허리를 두드리며 난리법석이었다. 꼬똥은 피하지도 않은 채 안겨 축 늘어졌다.

"……밥 먹자."

에어프라이어에 대충 돌린 냉동 만두를 좌상 위에 차린 예원이 조카를 불렀다. 상 옆에 앉은 조카는 만두를 몇 개씩 입에 넣고 씹었다. 그러다 벌떡 일어나 좌상을 떠났다. 화장실에라도 갔나, 밥 먹다 자리 뜨는 건 무슨 경우야? 언짢아진 예원이 혼자 만두를 삼키고 있는데, 갑자기 작은방 구석에서 쩝쩝거리는 소리가 났다.

너무나 익숙한 소리.

예원은 벌떡 일어나 달려갔다. 발에 걸린 상이 엎어졌고 발가락이 몹시 아팠으나 신경 쓰이지 않았다. 작은방의 문간에 도달해서는 안의 광경을 보았다. 조카가, 자신이 씹다 뱉은 만두 찌꺼기를 손에 담아 꼬똥에게 먹이고 있었다.

"야! 이 새끼야!"

예원이 소리를 지르고 손을 휘저으며 그쪽으로 성큼성큼 다가섰다. 조카가 놀라 몸을 잔뜩 움츠렸다. 옆에서 꼬똥이 발작하듯 팔다리를 휘젓더니 갑자기 우렁찬 소리로 세 번 짖었다. 멍, 멍멍. 그러고서는 예원을 똑바로 바라보며 으르렁거렸다. 그러나 으르렁거리든 말든 이번엔 똑바로 말해야 했다. 저 조카 새끼가 꼬똥을 죽이려 하고 있으니까, 뭣도 모르고…….

"이 등신아, 사람 먹는 거 주면 안 된다고!"

예원이 외치며 조카에게 다가가 등짝을 한 대 때렸다. 그리고 그 순간 벼락같은 통증을 느끼며 물러섰다. 방금 무슨 일이 있었지? 조카에게만 시선을 집중하고 있던 예원은 미처 보지 못했다. 손등을 내려다보았다. 피가 철철 흐르고 있었다. 새빨간 게 철철…….

"에엑."

조카가 울기 시작했다. 예원은 아연하여 꼬똥을 바라보

았다. 꼬똥은 조카의 얼굴을 핥고 있는 중이었다.

예원의 손등에는 꼬똥의 이빨 자국이 선명했다.

*

최근 반려견에게 생식을 급여하는 것이 유행한다는 사실을 예원은 알고 있었다. 하지만 시도해 본 적이 없었다. 이유는 간단했다. 생식은 너무 비싸니까.

그러나 이제는 생식밖에는 답이 없었다.

도상리에는 마당에 작은 닭장을 놓고 닭을 여러 마리 키우는 노인들이 많았다. 가끔은 족제비나 너구리가 닭을 물어 가기도 한다고 했다. 물론 그들의 집은 예원의 집에서 꽤 오래 걸어야 했지만, 그 노인들 역시 예원처럼, 혹은 예원보다 더욱 몸집이 작아졌을 터이니 예원이 맘만 먹는다면 닭을 서리하는 것은 어렵지 않을 터였다.

아니, 예원이 할 필요가 없었다. 조카를 시키면 되는 일이었다. 조카는 몸집도 크고 걸음도 빠르니까. 게다가 예원의 집에 조카가 온 것을 도상리의 그 누구도 알지 못했다. 그러니 혹시 조카가 현장에서 발각되어도 괜찮았다. 모르는 척하면 그만이었다.

꼬똥이 깊은 잠을 자는 한밤중, 예원은 조카를 깨워 길을 나섰다. 영문도 모르는 조카는 눈을 비비면서도 천천히 예원의 짧은 다리에 걸음을 맞춰 주었다.
"닭 알아, 닭?"
예원은 휴대폰으로 검색한 닭 사진을 보여 주었다. 조카가 눈을 빛내며 손뼉을 쳤다.
"응, 이거. 이거 가지러 가는 거야. 꼬똥한테 먹으라고 줄 거야."
"에엑!"
"꼬똥 좋아하지? 꼬똥이 굶으면 안 되잖아, 그치? 잘할 수 있지?"
"에엑."
예원은 욕쟁이 노파가 있는 집을 지나쳤다. 그다음 닭장이 있는 집까지는 예원의 걸음으로 30분이 걸렸다. 저택 앞에는 집주인의 전동 휠체어도, 자동차도 없었다. 어딜 갔으려나? 알 수 없는 일이었다. 서울대 나온 검사 아들내미가 있다는 사실로 마을에서 유명한 노인이었으니 아마 아들이 모시고 갔을지도 모를 일이라고 예원은 생각했다.

불청객의 기척을 감지한 닭장 쪽에서 꼬꼬, 하고 닭 우는 소리가 났다. 예원은 조카를 끌고 그 앞에 섰다. 그리고 천천히, 소리가 나지 않도록 조심하며 닭장의 문손잡이를 잡았다. 닭들이 나오지 않도록 아주 살짝 열고서는 몸을 모로 틀며 밀어 넣고 이어 조카를 들여보냈.

"꼬똥이 먹을 거야."

예원은 조카를 보며 말했다.

"꼬똥은 이걸 못 먹으면 굶어 죽어. 죽는 거 알아?"

"에엑."

"그래. 에엑, 하고 죽는 거야. 꼬똥이 죽기를 원하지는 않지? 그러니까 닭을……."

닭을 죽여야 해, 라고 말하려다가 예원은 말을 바꾸었다.

"닭이 죽어야 해."

예원은 몸집이 가장 작은 놈 하나를 골랐다. 집주인이, 사라진 존재감을 제일 늦게 알아차릴 정도로 작은 암탉. 암탉은 제게 다가올 운명도 모르고 꼬꼬 소리를 내는 중이었다. 불청객이 둘이나 난입했는데도 닭들은 당황하지 않고 당당했다. 꼬똥보다 더 담력이 있는지도 몰랐다.

예원은 주머니를 뒤졌다. 집에서 식빵을 반 조각 잘라 온 차였다. 그걸 손바닥 위에 놓은 채 작은 놈을 향해 천천히 내밀었다. 닭들이 움직였다. 꼬꼬, 꼬꼬. 작은 놈이 다가와서는 눈알을 데굴데굴 굴렸다.

'젠장, 나 조류 공포증 있었나.'

예원은 온몸에 돋는 소름에 얼른 몸을 뒤로 뺐다. 빵 조각을 눈앞에서 놓친 작은 놈이 활개를 치더니 성큼성큼 앞으로 다가왔다. 예원은 낮게 으악, 소리를 내며 등을 돌려 닭장 구석으로 도망쳤다. 닭이 부리로 예원을 쪼아 버릴 듯 덤벼들었고 예원은 그 기세를 피하려다 그만 더러운 닭장 철창에 얼굴을 문대고 말았다. 눈을 꼭 감고서 벌벌 떨고 있는데 뒤에서 갑자기 우드득, 소리가 들렸다. 동시에 닭들이 더욱 부산스러워졌다.

우드득?

예원은 뒤를 돌아보았다. 조카가 닭을 들고 있었다. 그런데, 그게, 작은 놈이 아니라…….

"에엑."

집채만 한 우두머리 수탉. 그 수탉이 목 꺾인 채 조카의 손아귀에 축 늘어져 있었다.

05

 털을 제거하고 피를 뽑는 과정을 시도할 용기는 전혀 없었다. 조카를 끌고 집으로 도망친 예원은 꼬똥을 향해 죽은 수탉을 던졌다. 꼬똥이 놀라 발작하듯 펄쩍 뛰었다. 미안했지만 그 사체를 보는 것만으로도 공포가 일었으니 어쩔 수 없었다.
 그래도 개인데, 척 보면 먹을 거라는 사실을 알 수 있을 거야. 사냥 본능이 남아 있을 테니. 게다가 도시에서 꼬똥은 비둘기만 보면 환장해서 잡으려 달려드는 강아지였잖아? 제가 알아서 잘 먹을 거야. 예원은 간절하게 중얼거렸다.
 그러나 반나절이 지나도 꼬똥은 닭에 손도 대지 않았다.

다급해진 예원은 유튜브를 틀어 '닭 손질 방법'을 검색했다. 마트에서 살 수 있는 벌거숭이 생닭이 아니라 털이 있는 상태의 닭을 손질하는 방법을 찾기 위해서는 스크롤을 무한히 반복해야 했지만, 어쨌거나 발견하였다. 청소년 유해 동영상으로 지정되어 성인 인증을 다시 해야 했다.

예원은 조카에게 휴대폰을 건넸다. 휴대폰을 오랜만에 본 조카의 눈이 둥그렇게 커졌다.

"자, 이렇게."

예원은 윽박질렀다.

"이렇게 하면 되는 거야, 보여? 해 봐, 얼른!"

*

……털을 뽑아 줘야만 고기를 먹을 수 있는 개만 세상에 가득하다면 개의 멸종도 머지않았겠네. 어쩌면 사람보다 더 빨리 멸종할 수도 있겠어.

조카가 동영상을 보며 어설프게 손질한 닭의 사체를 비로소 걸신들린 듯 해치우는 꼬똥을 보며 예원은 생각했다. 그래도 괜찮았다. 꼬똥과 자신만 세상에 남으면 되니까…….

아니, 잠깐만. 다시 고민해 보니 자신과 꼬똥 둘이서만 남으면 닭의 털을 뽑아 줄 사람이 없었다. 그러니 조카도……, 조카도 세상에 남아 있어야 했다. 간단하게 닭의 목을 비틀 줄 아는 애였다. 소도 돼지도 잘 잡을 게 분명했다.

조카는 배가 통통해져서는 닭의 잔해 위에 엎드린 꼬똥을 쓰다듬고 있었다. 에엑, 에엑. 조카가 말했고 꼬똥은 조카의 손을 열심히 핥았다. 그러다 예원을 보고서는 얼굴을 일그러뜨리며 크게 한 번 짖었다. 웡!

"개새끼가……, 주인도 못 알아보고……."

예원은 서운해져서는 터벅터벅, 엉망이 된 부엌을 떠나 안방에 들어갔다. 이불에 얼굴을 묻고서는 푸후 한숨을 쉬었다. 한바탕 울면 기분이 좀 나아질 것도 같았다. 그러나 인기척이 들렸다.

"에엑?"

조카가 너른 어깨를 조금 움츠린 채 하필이면 문지방을 딛고 서 있었다.

"……그러고 보니, 너는 할 줄 아는 말이 그것밖에 없니?"
"에엑?"
"몸이 커지면서 지능이 반비례해 줄어든 건 아닐 테고."

"에엑?"

"너 6살이잖아. 6살이면 웬만한 말은 할 수 있는 나이 아니야? 몸집 커지면서 말은 못 하게 됐니?"

"에엑?"

됐다, 됐어. 예원은 한숨을 쉬었다. 조카가 말을 하든 못 하든 중요한 건 아니었다. 그저 꼬똥을 위해 봉사할 수 있는 체력과 담력만 있으면 되는 문제였다.

예원과 조카는 그 후로도 여러 군데 집을 돌면서 닭을 한 마리씩 슬쩍했다. 다행히 한 번도 예원에게 누군가 찾아온 적은 없었다. 가끔 예원이 다리가 아프다고 투덜대면 조카는 예원을 업곤 했다. 조카의 너른 등판에서는 언제나 땀 냄새가 났고 예원은 거기 볼을 댄 채 울렁울렁 위아래로 움직이는 풍경을 바라보면서 약한 멀미 기운을 느꼈다.

*

엄마에게 전화가 왔을 때는 조카와 동거한 지 한 달이 흐른 뒤였다.

"너는 이 사달이 났는데 아빠한테 전화 한 번을 안 드리니?"

엄마는 왜 '엄마한테'가 아니라 '아빠한테'라고 물을까? 빤했다. 아빠 핑계를 대는 것뿐이었다. 사실 예원의 전화를 받고 싶은 것은 엄마였으면서.

"문자 드렸어."

"문자가 안부니?"

"예에, 죄송합니다."

엄마는 뭐라 쏘아붙였으나 폐활량이 달리는 듯했다. 폐가 제법 많이 작아진 모양이었다. 얼마나 어려졌을까? 예원이 입 한번 뺑긋하지 않은 채 가만히 듣고만 있자 마침내 제풀에 지친 엄마는 한숨을 쉬더니 물었다.

"그리고 아픈 조카를 네가 필요하다고 억지로 데려갔다며?"

"뭐?"

"네가 네 개 때문에 돌보겠다고 데려갔다며. 예솔이가 그러던데. 나 참, 평생을 그렇게 엄마 아빠며 동생까지 개무시하다가 개 때문에 은근슬쩍 연락하는 거, 그거 장녀로서 도리가 아니지 않니?"

"아니, 그게 아니라……."

예원은 처음 듣는 소리였다.

"애가 아프다고? 그게 무슨 소리야?"

엄마는 말실수를 한 모양이었다. 입을 꾹 다물고 아무런 말을 하지 않는 것을 보면. 그리고 이럴 때 어떻게 대처해야 하는지 예원은 잘 알고 있었다.

"예솔이한테, 엄마가 조카 얘기했다고 말 한마디도 안 할 테니까 설명해 줘. 무슨 소리야?"

그러자 엄마는 기다렸다는 듯 이야기를 술술 털어놓기 시작했다.

그러니까, 예솔이 딸아이의 장애를 처음 인지한 것은 2살쯤이었다. 그러나 예솔은 계속해서 그 사실을 부인해 왔다. 조금 느린 거라고, 곧 괜찮아질 거라고, 적합한 치료를 받으면 다 나아질 거라고. 그러면서 친정 엄마를 제외한 그 누구에게도 사실을 알리지 않았다. 그렇게 아이가 6살이 될 때까지 딸을 '정상적'으로 만드는 일에 매진하였으며 실패하였다.

"그러다 사달이 나고 애 몸집이 커져 버리니까 여기에

유기했다는 거야?"

"유기는, 무슨······. 그리고 이유가 있어, 얘."

"뭐가 또?"

"애 가질 준비를 하면 어떠냐고 내가 그랬거든."

"······뭐?"

"예솔이가 그러데. 둘째 생각을 계속했는데, 첫째 수발 드느라 못 했다지 뭐니. 근데 일 생기고 내가 그랬어. 몸이 어려지니까 아무래도 정자며 난자며 튼튼할 테니 한 이삼 년 준비하면, 이번엔 정상적인 애를 낳을 수 있을 것 같지 않니······."

"뭐? 정예솔 걔 겨우 12살 정도야, 엄마 못 봤어?"

"그래, 근데 생리는 한다잖니. 엄마 생각에는 그래. 옛날에 네 외할머니는 12살에 결혼해서 자식을 9명이나 순풍 순풍 낳으셨어. 다들 팔다리 멀쩡하고 건강했고. 그러니까 절호의 기회지 뭐니, 이게?"

"미쳤어! 말이 되는 소리야, 그게? 현대인으로서 할 소리냐고! 예솔이가 그러고 싶대? 그렇게 살고 싶대?"

예원이 빽 비명을 지르자 엄마가 더 큰 목소리로 소리를 질렀다.

"너는 항상 너 혼자서만 고상하고 잘났지? 망할 뻔한 나라가 간신히 살아나고 있는데 왜 지랄이야, 지랄이. 너는 그 개새끼랑 평생 둘이서 그렇게 갇혀서 살아! 개새끼도 개새끼다워야지, 어디서 사람 보고 꼬리 칠 줄도 모르는 등신 같은 개를 주워 와서는……."

"뭐? 미쳤어?"

"그렇게 말할 줄 빤히 알았지. 네가 개 데리고 살아 봐, 평생 파양할 생각하지 말고!"

그리고 전화는 뚝 끊겼다.

06

 통화를 마치고 거실로 나온 예원은 조카와 꼬똥이 꼭 껴안은 채 현관 앞에 웅크리고 있는 것을 보았다. 꼬똥의 꼬리로 보건대 둘은 예원의 고성을 듣고서 겁에 질린 게 분명했다.

 "미안해, 미안."

 예원이 말했다. 그들 쪽으로 가까이 가지는 않았다. 꼬똥이 얼마나 크게 경기를 일으킬지 뻔했으니까.

 "……꼬똥, 오늘 응가 했었나?"

 예원의 물음에 조카가 고개를 저었다.

 예원은 축 처진 꼬리를 하고서는 불안해하고 있는 꼬똥

을 가만히 쳐다보았다. 인정하자. 어린이에 대해 지나치게 큰 두려움을 가지고 있는 꼬똥이 혹시 일종의 인지 장애를 가진 것은 아닐까, 생각해 본 적이 두어 번은 있었다. 너무 힘들었으니까. 어린이가 있을 리 없는 새벽 3시에 비몽사몽 일어나 도둑처럼 산책을 해야 하는 것도, 어린이를 보고 사지를 뒤틀며 두려워하는 꼬똥을 보고 병균 덩어리를 목격한 듯 제 자식을 감싸며 멀어지는 인간 부모를 매일같이 마주쳐야 하는 것도, 자신이 얼마나 큰 복을 타고났는지 모르는 듯 귀찮은 표정의 견주들이 무서운 것 없이 마냥 해맑은 강아지를 산책시키는 장면을 보는 것도……. 너무나, 너무나 힘에 부치는 일이었으니까.

아마 인간 아이를 키운다면 더더욱 힘겨웠겠지.

하지만, 그래도…….

혹은, 그러므로…….

"이리 와, 은별아."

은별이 고개를 들었다. 지금껏 못된 마음에 한 번도 부르지 않았던 조카의 이름을 마침내 예원은 불렀다.

"은별아, 이리 와."

은별이 오래도록 자신의 곁에 머문다면 언젠가는 꼬똥도 한 발짝쯤은 다가오지 않을까 예원은 생각했다. 기다려 줄 수 있다고. 어차피 시간은 많고 한국인들의 주장에 의하면 한국인들은 멸종하지 않기 위해 본능적으로 이토록 희한한 방법을 다 썼다니까. 그러니까 언젠가는 꼬똥도……

은별아, 하고 예원은 다시 불렀다. 은별은 자신의 이름을 알아듣지 못하는 듯 계속해서 꼬똥을 안고 있었다. 그러나 눈만은 예원을 응시하는 중이었다. 그리고 예원이 다섯 번째쯤 반복해 불렀을 때, 꼬똥을 잠시 내려놓고서는 그 등을 두어 번 토닥거린 후 예원을 향해 천천히 걸어왔.

예원은 은별의 등을 똑같이 가볍게 두들겨 주었다. 물론 키가 작았기 때문에 손을 위로 힘껏 올려야 했지만.

*

그리고 그날 밤, 마침내 드디어 욕쟁이 노파의 닭장을 건드릴 차례였다. 걸어서 갈 만한 다른 집에서는 이미 한 마리씩 슬쩍한 후였기 때문이었다.

"에엑."

은별은 평소처럼 자신의 마음에 드는 닭을 골랐다. 그리고 잽싸게 몸통을 붙잡았다. 닭이 결사적으로 푸드덕거렸다. 예원은 언제나 그랬듯 눈을 질끈 감았다. 아무리 봐도 닭 모가지 비트는 장면은 익숙해지지 않았다.

그런데 들려야 하는 비명이 들리지 않았다. 뭐지? 의아해진 예원은 실눈을 떴다. 은별의 시선이 닭장 밖의 어디론가 비스듬히 향해 있었다.

"왜, 뭐가 있어?"

예원은 은별에게 물으며 그 시선의 끝을 좇았다. 그러고는 놀라 그 자리에 엉덩방아를 찧고 말았다. 닭똥이 엉덩이에 가득 묻었다.

은별이 닭을 내려놓더니 닭장의 문을 열었다. 성큼성큼 걸어서 잡초 무성한 정원의 한가운데 무릎에 풀물이 잔뜩 든 채 엎드려 있던 작은 몸을 골똘히 응시했다. 그러더니 곧 허리를 굽혀 그 몸을 집어 들었다.

30cm도 되지 않을 아주 작은 몸은 뼈가 앙상하게 드러나 있었다. 그러나 아직 가슴을 위아래로 움직이는 중이었다.

그리고 예원은 그 아기의 턱에 커다란 점이 있는 것을 보았다.

쓰리 코드

00

이것은 어느 문명의 탄생 설화이다.

01

'그 여자는 평생을 시외버스 안에서 꿈꾸었다.'라는 문장으로 영지는 자신의 삶을 정리하곤 했다. 처음 시외버스를 혼자 타 본 것은 중학교 1학년 때. 홍대 앞 펑크 클럽이었던 드럭에 꼭 가 보고 싶어서였다. 매주 토요일, 인근 도청 소재지의 큰 절에서 열리는 어린이 불교 학교에 간다는 핑계로 새벽에 집을 몰래 나온 영지는 서울 가는 시외버스 첫차를 탔다. 3시간 걸려 동서울 시외버스 터미널에 도착했고 그곳에서 2호선을 타고서는 1시간 동안 서울을 횡단해 홍대에 도착했으며 미리 그려 온 약도를 참고해 더듬더듬 드럭 앞에 도달했다. 아직 대낮이었기에 드럭의 문은 닫혀 있었지만, 영지는 저녁 식사 시간까지 집에 돌아가야 하는 자신의 처지를 잘 알기에 애당초 공연을 볼 수 있으리라 전혀 기대하지 않았다. 그저 플라스틱 케이스의 카세트테이프들이 가득 든 가방을 껴안은 채 누군가 자신에게 "펑크 좋아하세요?"라고 말을 걸어 주기를 간절히 바랐을 뿐이었다. 그렇게 오전 11시부터 오후 3시까지 4시간을 죽치고 서 있다가 다시 2호선 지하철을 타고 동서울 터미널에 가서는 자신이 사는 운산군으로 가는 버스를 탔다. 그래도 후회되지 않았다. 슬프지도 않았다.

'내가 서울에, 드럭에 다녀왔어.'

영지는 속으로 계속 되뇌었다. 당시의 영지에게 '서울'은 '록의 보고'로, '서울 시민'은 '마음만 먹으면 펑크 전사가 될 수 있는 사람들'로 여겨졌다. 서울이라는 땅의 기운이 펑크 록 전사들을 만들어 낸다고 확신했고 시외버스를 타고 그 땅의 냄새를 조금이라도 맡아 보고 돌아온 이유는 단 하나, 자신의 내부에 펑크 로커가 될 씨앗을 심기 위해서였다. 아무래도 운산군에서는 불가능할 것 같았으니까.

그로부터 6년간, 그러니까 고등학교를 졸업할 때까지 매주 드럭의 공연을 단 한 번도 보지 못한 채 그 앞에서 우두커니 서 있다가 돌아온 여학생이 있다는 사실을 홍대 죽돌이든 드럭 관계자든 그 누구도 알지 못할 터였다. 영지는 정말로 매주 토요일 그렇게 서울을 오갔고 영지를 알은체한 이는 시외버스의 기사뿐이었다.

  20살이 되었지만, 영지는 서울에, 록의 보고에 터전을 잡지 못했다. 운산군 인근의 식품 공장에 취업하여 닭 뼈를 발라내는 일을 하면서 돈을 모아야 했기 때문이었다. 뼈를 손으로 분리하며 영지는 당시 홍대 신에서 잘나가던 펑크 밴드들이 모여 만든 컴필레이션 앨범인 《Rock 닭의 울음소리》의 수록곡들을 나지막이 흥얼거렸고 퇴근하고 나서는 펑크 록을 좋아하는 이들이 모인 프리챌 클럽의 시샵이 진행하는 인터넷 라디오 방송을 들으며 채팅방에서 수다를 떨었다. 보통 6명 정도의 사람들이 그 방송을 듣곤 했는데 영지 빼고는 모두가 서울에 사는 사람들이었다. 그들은 서울에서 '번개'를 자주 열곤 했는데, '번개'는 두어 시간 전에 별안간 공지되곤 했으니 영지는 절대 참석할 수 없었다. 홍대의 무슨 술집에서 신나게 술을 마시며 펑크 록에 대한 이야기를 떠들었다는 사람들은 다음 날 느지막이 채팅창에서 후기를 이야기하다 까먹을 뻔했다는 듯 쓰곤 했다.

―영지 님도 보고 싶은데.

영지는 고등학생 시절 찍은 하두리 셀카를 올리며 '정모에서 뵈어요.'라고 썼지만, 시삽은 '번개'가 아닌 '정모'는 열지 않았다. 쉬는 날이 되면 영지는 시외버스를 타고 서울에 도착했다. 그들이 '번개'를 했다던 술집 앞에서 가방을 꼭 껴안은 채 여전히 서 있었다. 그렇게 시간을 죽이다 돌아왔다. 사람들이 점차 사라지고 결국 프리챌이 서비스를 종료할 때까지 영지는 시외버스를 숱하게 탔고 '정모'는 단 한 번도 공지된 적이 없었다.

20대 후반이 되어 서울에서의 취업을 시도해 본 적이 있었으나 실패했고 그저 면접이 끝나면 역시나 가방을 가지고서는 홍대 거리를 배회하다 불합격 통지 혹은 침묵의 탈락 시그널을 받을 뿐이었다. 그때 이미 펑크는 신나게 쇠락하고 있었지만, 영지는 아직 체감하지 못했는데 이유는 간단했다. 영지는 언제나 문 닫은 채 스산한 기운을 내뿜는 대낮의 펑크 성지만을 보았기 때문이었다. 한 번도 그곳이 불야성을 이루는 모습을 본 적은 없었다.

30살쯤에는 엄마를 모시고 결혼식에 가느라 서울 가는 버스를 참 많이 탔다. 영지의 엄마에게는 친구들이 한 트럭이었고 놀랍게도 모두 딸을 두고 있었으며 더욱 이상하게도 그 딸들이 일제히 서울 남자들과 결혼을 했다. 오가는 시외버스에서 영지의 엄마는 그 딸들에 대한 반감을 숨기지 않고 영지에게 표현했는데, 영지는 그 악다구니를 들으며 엄마가 그런 딸을 가진 여자들을 질투하는 건지 아니면 그 딸들의 삶을 질투하는 건지 헷갈리곤 했다. 어쨌거나 엄마의 말을 듣는 척하면서 속으로는 딴 생각을 했다. 주로 서울에서 활동하는 펑크 록 밴드의 멤버가 되어 관객들 앞에서 신나게 기타를 부수는 자신의 모습을 상상하는 것이었다. 물론 영지에게는 작사 작곡의 능력도, 악기 연주력이나 노래 실력도 없었기에 그저 최애 밴드의 공연 실황에 자신의 겉모습을 덧씌운 버전에 불과했지만, 그래도 그렇게 좁은 버스 좌석에 몸을 구겨 넣은 채 꿈을 꾸고는 했었다.

 31살, 새경 운수의 정직원으로 취직한 건 엄마의 인맥 덕이었다. 영지는 이런저런 잡일을 하는 와중에 4시간에 한 번씩 동서울 가는 시외버스에 올라 사람들의 숫자를 확인하고 복도를 오가며 안전벨트를 매라고 소리치곤 했다. 그러면서 은밀히 서울 가는 사람들의 낯빛을 확인하며 속으로 물었다.

'오늘은 어떤 공연을 보러 갈 건가요?'

취직 10년째 되는 초여름, 새경 운수의 버스 기사 하나가 데이트를 청했다. 그때 영지의 나이는 41살이었다. 그 기사는 9살 연상이었고 출발하기 전까지 버스 내부에 〈배철수의 음악캠프〉 녹음본을 은은하게 틀어 놓는 이였는데, 그는 영지에게 콜드플레이의 내한 공연을 보러 가자고 했다. 콜드플레이라. 영지는 매끈한 모던 록을 록으로 취급하지 않았지만, 록 공연을 볼 기회가 생긴 게 난생처음인지라 수긍했다. 심지어 티켓까지 본인이 직접 예매하겠다고 했기에. 그는 콜드플레이의 서울 투어 마지막 날 표를 예매했는데, 이미 보고 온 관객들의 스포일러가 대단했다. 영지는 그들의 세트 리스트를 미리 예습하면서 생각했다.

'이것이 과연 록인가……. 너무니 돈 냄새가 나는군…….'
하고.

영지에게 록이란 '기타와 베이스, 드럼으로만 이루어진 밴드가 기타 코드 3개만 이용해 작곡한 펑크'와 동의어였다. 그렇게 록을 정의하게 된 이유는 하나였다. 쓰인 코드가 3개를 넘으면 영지는 밴드 맨이 될 수 없을 테니까.

그랬다. 영지에게는 꿈이 있었다. 언젠가 꼭 펑크 밴드의 보컬 겸 기타리스트가 되겠다는 꿈. 기타를 한 번도 잡아 본 적이 없지만, 그리고 아마 평생을 잡지 않을 거라고 잔잔한 마음으로 체념하고 있지만. 그래도 부모가 밭이나 절에 간 후 빈 거실에서 상상의 기타를 쥐고서는 허공에 대고 노래를 부르며 머리를 터는 시늉을 하곤 했다. 손가락으로는 D와 A, G 코드만을 잡았는데, 그것들이 가장 잡기 쉬운 코드였다. 영지는 인터넷으로 찾은 운지법 중 그 세 가지 외에는 외우지 못했다. 그렇게 한참 몸을 움직이고 나면 속이 후련해지면서 어떻게든 며칠간 잘 살 수 있을 거라는 막연한 믿음이 생기곤 했다. 영지의 현재는 미래에 펑크 로커가 될 소녀의 과거였고 그래서 가치 있는 것이었다. 이토록 휘황찬란한 음악이 D, A, G 코드만으로 연주할 수 없으며 기타, 베이스, 드럼이 아닌 다른 악기가 필요한 음악이 록이라면 영지는 밴드 맨이 될 수 없을 터였다.

콘서트 당일, 영지는 기사가 운행하는 시외버스를 탔다. 영지는 가장 앞 좌석에 앉았으며 승객은 그들 말고 3명이 더 있었다. 새경 운수가 재정난에 허덕이고 있기에 내년쯤엔 이 노선 운행이 중단될지도 모른다고, 그래서 그 전에 꼭 영지와 서울 데이트를 하고 싶었다고 기사는 말했다. 그렇게 서울에 도착해서는 지하철을 타고 굽이굽이 공연장으로 향했다.

공연은 생각했던 것보다 더 절망적이었다. 물론 오로지 영지의 기준으로. 게스트로 나온 한국 밴드만은 믿었는데, 그들의 현란한 연주를 보고서 영지는 도망치고 싶어졌다. 두어 마디에 한 번씩 손가락을 움직이며 위아래로 피크질만을 반복하던 영지 시절의 밴드들과는 전혀 달랐다. 영지 시절의 밴드들은 악기 레슨 같은 건 받은 적도 없이 그저 더듬더듬 어깨너머로 익힌 연주를 선보이는 이들이었으니.

공연 막바지 버스 기사가 은근슬쩍 자신의 손을 잡았을 때, 영지는 고개를 반대로 돌려 자신의 옆에서 환호하던 자기 또래의 남자를 바라보았다. 그 남자는 자신이 데려온 여자에게 계속해서 록의 역사에 대해 일장 연설을 늘어놓는 중이었기에, 영지는 그에게 고견을 구할 수 있으리라 여겼다.

"혹시……, 이것이 록인가요? 펑크 록은 어디서 들을 수 있나요?"

"횡크요?"

아마 그 남자의 이해심이 조금이라도 높았더라면, 그리고 아주 우연찮게도 대학생 시절 자작곡 밴드를 몇 개나 하다가 말아먹고 부패한 미련을 간직한 채 대치동 일타 강사가 되어 버린 이가 아니었다면—물론 영지는 그의 과거를 전혀 알 수 없었지만—영지의 미래는 조금 달라졌을 것이다. 그러나 그 남자는 영지를 위아래로 훑어보더니 귀찮은 표정으로 물었다.

"아줌마, 펑크 록이요 아니면 횡크 록이요?"

"네, 그, 예전에, 서울……, 홍대……, 그런 데서 공연하던 쓰리 코드 펑크 록은 요새 어디 가면 볼 수 있어요?"

그러자 남자는 자기가 데려온 여자를 툭 치며 낄낄 웃더니 영지에게 말했다.

"펑크요? 언제 적 얘기를 하세요. 다 죽었죠, 어머니."

어머니? 분명 또래로 보이는 남자의 입에서 나온 단어에 영지는 놀랐다. 그러나 모멸감을 느끼기 이전에, 아직은 묻고 싶은 게 남아 있었다.

"아니요, 제가 서울에 올라온 김에 꼭 펑크 록 밴드를 보고 싶어서요."

"아, 지방에서 오신 거예요?"

"네에, 운산군에서……."

"거기가 어디예요? 강원도?"

"아니요, 경상도인데……."

"와, 멀리서 오셨네. 경상도가 어디쯤에 있지? 한 7시간 걸려요?"

시외버스로 겨우 3시간 걸리는데. 그러나 영지가 뭐라 대꾸하기 전에 남자는 여자 쪽으로 고개를 돌리고 어깨를 감싸더니 말했다.

"오빠가 말했지, 워낙 유명한 밴드라 관객도 어중이떠중이 다 올 거라고. 근데 저런 사람들은……, 미스터트롯을 봐야 하는 거 아닌가?"

안타깝게도 영지는 수도권의 록 마니아들과 달리 실제 공연을 볼 일이 극히 드물었으므로 아직까지 청력이 쌩쌩했다. 그가 말하는 모든 것을 들을 수 있었다.

02

   공이 주문한 타깃은 간단했다. '이루지 못한 욕망에 대한 정념으로 머릿속이 가득 찬 젊은이'. 공이 실험을 맡긴 책임자, 김은 서울에서 태어나 서울에서 자랐다. 사립초-국제중-과학고-서울대-동대학원의 루트를 탔으며 평생 한국의 지방은 가 본 적이 없었다. 해외여행을 가기 위한 인천 공항과 뻔질나게 드나드는 전국의 골프장들을 제외한다면. 김은 공의 지시를 받고서는 실험 대상이 지방에 살아야 한다고 확신했다. 간단했다. '지방에서 사람이 어떻게 사나?'라는 생각 때문이었다. 거기 사는 사람이라면 당연히 욕구 불만으로 똘똘 뭉쳐 있을 터였다. 김이 찾아낸 실험체에 대한 보고를 들은 공도 단 한 문장만을 말하지 않았던가.

"어차피 소멸할 거라면."

기사와 승객 한 사람만이 탄 서울발 운산행 시외버스가 참 안타깝게도 기사의 졸음운전으로 가드레일을 들이받고 반파되었다는 소식을 듣자마자, 김은 비서를 시켜 운산군으로 가게 했다. 유일한 승객이라는 여자의 나이가 41살이라고 했다. 그 정도야 젊은이라고, 마찬가지로 41살인 김은 생각했다. 왜 그 나이 먹도록 자가용이 없어 시외버스 따위를 탔지, 라고도 의문을 가졌다. 새경 운수 측은 당연히 사고를 슬쩍 파묻고 싶어 했고 나라에서 직접 묵인해 준다니 땡큐인 입장이었다. 게다가 가뜩이나 유산군은 운행하는 노선을 축소하고 싶었던 차에 정부에서 은밀히 도움을 줄 것도 같았으니. 김은 공이 허용한 국고에서 돈을 조금 헐어 버스 기사에게 건넸다. 그의 몫이 아니라 여자의 부모에게 줄 합의금 조였다. 경상을 입은 버스 기사야 불순물에 불과했으므로 빼져 주는 게 나았다. 다행히 버스 기사에게도, 여자의 부모에게도 김의 기준으로 분별력이 있었다.

김은 실험실 침대에 누운 여자에게로 다가갔다. 머리에

주렁주렁 전선이 연결되어 있었다. 현실로 절대 돌아오고 싶지 않을 정도로 실험체를 행복하게 하는 가상 공간을 만들 것. 그리하여 실험체가 현실을 떠나 그 공간에서만 유령처럼 떠돌게 할 것. 공이 궁극적으로 바라는 건 그러한 서비스의 론칭이었다. 모르긴 몰라도 연구와 개발에 10년은 족히 걸릴 거라는 김의 말에 공은 간단히 대답했었다. 10년 안에 자신이 대통령직에서 내려올 일은 없으니 걱정하지 말라고. 한국에서 그게 가능한가? 김은 생각했으나 어차피 정권이 그대로인 건 자신도 바라는 바이므로 고개를 끄덕였을 뿐이었다.

'자, 촌년아. 너의 판타지는 무엇이더냐.'

김은 속으로 중얼거리며 고글과 헤드폰을 썼다.

*

영지는 버스 안에서 눈을 떴다.

옆에는 아무도 없었다. 버스 내부의 등은 하나도 켜져 있지 않았다. 아마 심야 버스겠지, 라고 영지는 생각했다. 운산군을 거치는 시외버스 중에서 심야 버스는 하나도 없었다. 심야 버스를 운행할 정도의 승객들이 없었으니까. 그렇다면 나는 어디로 가고 있는 걸까? 영지는 의아했다. 창문을 가리고 있던 까슬한 커튼을 걷었으나 역시 밖에는 아무것도 보이지 않았다.

그때 갑자기 왁자지껄한 함성이 뒤쪽에서 들렸다. 영지는 궁금해졌다. 그러나 달리는 버스에서 일어서면 안 되니까……. 안전벨트를 하고 있어야 하니까……. 그러니 가만히 앉아 있었다. 함성을 지르던 사람들이 점점 가까워져도, 그들이 마침내 영지가 앉은 좌석 쪽으로 일제히 몸을 구부려도.

영지는 고개를 돌려 그들을 확인했다. 그러고는 깜짝 놀랐다. 뻐드렁니를 한 사람들이었다. 두 사람은 기타와 베이스를 메고 있었다. 나머지 하나가 드럼스틱을 휘두르며 말했다.

"1시간 남았어, 이제 일어나 목을 풀 때도 되었다고!"

그러더니 영지의 손목을 잡고서는 일으켜 세웠다. 억지로 버스의 복도까지 나온 영지는 눈을 휘둥그레 떴다. 이 버스는…….

"한 번씩만 더 연습하자고. 이게 얼마나 큰 기회인지 너도 잘 알잖아?"

버스의 복도는 광활했고 꽁무니에는 드럼 세트와 앰프 여러 개가 마련되어 있었다.

잠시 시간이 지난 후 얼추 상황을 파악한 바, 영지는 '록신'이라는 밴드의 프런트 우먼이었다. 록신은 G, A, D 3개의 코드로만 쓴 곡들로 명성을 얻은 쓰리 코드 펑크 밴드였으며 지금은 시외버스를 타고 다음 공연 장소로 이동하는 중이었다. 분명 시외버스인데도 이상하게 버스 뒤쪽에 합주실이 마련되어 있었다. 막바지 합주를 얼른 해야 한다는 멤버들의 성화에 기타를 메고 마이크를 잡은 영지는 어쩔 줄을 모르다가 자신이 아는 3개의 코드만을 긁어 대며 아무렇게나 노래를 시작했다. 그러나 놀랍게도 기타에서는 묵직한 디스토션 사운드가 터져 나왔으며 영지는 자신이 노래를 제법 잘한다는 사실을 알게 되었다.

"컨디션 좋네, 어?"

마음대로 한 곡을 마치고 나자, 멤버들이 모두 영지를 칭찬했다. 영지는 가슴을 쓸어내렸다. 조금 용기가 생겨 휘청거리며 복도를 걸어 보았다. 이 버스가 어디로 향하고 있는지 궁금했기 때문이었다. 멤버들에게 "근데 우리가 지금 어디로 가고 있는 거지?"라는 질문을 할 자신은 없었기에 버스 앞 창에 붙은 팻말을 볼 요량이었다. 보통 시외버스 앞 창에 붙은 팻말은 밖에서 타는 승객들을 위한 것이었기에 영지의 시야에서는 뒤집어져 있었다. 그리고 영지는 자신의 눈을 한 번 비볐다. 이게, 그러니까…….

"운산행?"

영지의 목소리에 멤버들이 고개를 끄덕였다. 영지는 눈을 비비고 다시 팻말을 보았다. 혹시 운산을 떠나 서울로 가는 게 아닐까? 가뜩이나 지금의 상황도 갑작스러운데, 내가 좌우마저 헷갈리고 있는 게 아닐까? 몇 번을 다시 보아도 똑같았다.

"우리가 큰 공연을 가고 있다고 하지 않았어?"

"그럼, 큰 공연이지!"

영지를 제외한 멤버 모두가 짠 듯이 맥주 캔을 힘껏 따며 외쳤다.

"운산 최고의 클럽에서 공연하는 쓰리 코드 펑크 밴드!"

"서울 같은 깡촌에서 만들어진 우리가 마침내!"

"이렇게 출세를!"

"문화 예술의 오지를 탈출한다!"

그러고는 일제히 영지에게로 얼굴을 들이밀고 말하는 것이었다.

"이게 다 네 덕분인 거 알지?"

*

'멍청한 여자군, 진짜······.'

김은 고글을 벗으며 침을 뱉은 후 휴대폰을 손에 쥐었다. 언제부터였나, 조롱 대신 짜증이 익숙해진 때가. 아마 이삼십 대 때의 김이었다면 눈을 감은 채 무의식의 버스를 타고 있는 여자를 실컷 놀려 댔을 거였다. 그러나 지금은 불쾌할 따름이었다. '서울 같은 깡촌'이라는 대사도 여자의 피해 의식을 대면하는 듯했지만, 더욱 문제는 쓰리 코드였다. 쓰리 코드로 록을 한다고? 능력도 없으면서 같잖은······.

김은 휴대폰을 들었다. 실험체를 함께 한껏 비웃을 동지가 필요했다. 전화를 걸기 전, 시차를 먼저 계산했다. 그래, 뉴욕은 지금 한낮이었다. 딸에게 전화를 걸었다.

"어, 왜."

김의 전화를 받은 딸이 퉁명스레 대답했다. 김은 물었다.

"레슨 끝났니?"

"어. 선생님이 케밥 사 준다고 하셔서 가고 있어."

"케밥? 그건 이슬람 놈들 음식이 아니냐?"

"……제발, 촌티 좀 내지 말고."

"늬 엄마는 어딜 가고?"

"몰라, 바빠. 일단 끊어. 이따 집에 가서 전화할게."

집에 가서 전화할 리가 없다는 사실을 김은 경험적으로 알았다. 그래서 가장 궁금했던 것을 물었다.

"서울엔 언제 오냐?"

한참의 침묵이 흐른 후 딸이 대답했다.

"그 촌에 가서 뭐 할 건데."

통화가 끊긴 후 5분쯤 지났을까, 딸이 링크 하나를 보냈다.

─아빠, 좋아요 좀 눌러 줘.

딸이 다른 놈들과 함께 합주를 하는 영상이었다. 밴드 이름이 스프레드였나, 그랬다. 명사로 '다양성'을 뜻한다는데 카투사까지 나온 김으로서도 처음 듣는 용법이었다. 백인은 하나도 없고 죄다 동양인과 흑인뿐인 그 밴드를 김은 달가워하지 않았다. 그러나 그 얘기를 했을 때 수화기 너머의 딸이 한심하다는 투로 뭐라 말했더라.

"아빠, 걔들 나 빼고 다 부모부터가 미국인이거든?"

그 말을 들은 이후로는 묵묵히 좋아요나 눌러 주었다.

기타를 쥔 딸의 손가락은 현란하게 움직이는 중이었다. 고글을 통해 보았던 촌년의 투박하고 느린 동작과는 비교할 수 없었다. 좋아요를 누른 후 인증 샷을 딸에게 보냈다. 딸은 메시지를 확인했지만 답장하지 않았다. 김은 스크롤을 내려 댓글을 읽어 보았다. 한국인들의 댓글이 다수였다. 대부분은 딸을 찬양하는 내용이었다. 기타 천재다, 전 세계 록 씬을 바꿀 인재다, 스타가 될 것을 생각해 미리 좌표 박는다, 한국의 자랑이다……. 그러나 김은 집요하게 영어 댓글만을 눈에 담았다. 딸은 백인들에게 인정받고 있었다. 그게 중요했다.

그러나 어쩔 수 없는 한국인이라, 자꾸만 한국어 댓글이 본능적으로 읽혔다. 개중 눈에 띄는 댓글이 하나 있었다.

ㄴ 학폭 걸려서 미국으로 도피 유학 간 대치 키즈라는데 이젠 록도 돈 있어야 하나 봄.

좋아요 2개, 싫어요 25개. 김은 싫어요를 살포시 누른 후 댓글을 토독토독 달았다.

ㄴ피해 의식에 쩔어 사세요 평생. 님 같은 사람들이 아래층을 깔아 주는 덕에 사회가 유지되는 것임 ^^.

그래, 정말이었다. 지금 눈을 감은 채 헛된 꿈속을 헤매는 저 촌년—이름이 뭐였더라?—같은 사람들이 이런 댓글을 쓰겠지 싶었다. 시도 아니고 군이라니, 김 자신과 동갑이 되도록 그곳에서 어떻게든 탈출할 노력조차 하지 못한 동갑내기라니! 사실 김에게는 지방 의대에 합격하고도 포기한 전적이 있었다. 사람이 지방에서 살 수 있다는 상상을 할 수 없었기 때문이었다. 지방에서 사람이 어떻게 사람답게 사나? 김은 지방 의대에 가지 않고 서울대에 진학했고 졸업하자마자 과 후배를 임신시켰다. 지방 의대에 간 친구들은 지방에 개인 병원을 차린 후 지방 여자와 결혼했고 인구가 바닥을 쳐 가는 곳에서 근근이 살아가고 있었다. 결론적으로 대통령과 골프를 칠 뿐 아니라 극비 프로젝트까지 하달받은 자신의 승리라고 김은 생각했다. 인서울 의대에 못 갔다는 사실 때문에 콤플렉스에 시달려 원형 탈모를 겪었던 20살 때의 과거는 잊었다.

그러니 지옥에서 평생을 산 여자의 마음이 저토록 허황되고 비뚤어진 것도 당연했다. 운산이 대도시가 된다고?

쓰리 코드로 록을 하겠다고—김은 실용 음악을 전공하는 딸과 대화하고 싶어《이정선 기타교실》이란 책으로 코드를 공부한 바 있었다—? 그냥 우습기만 하면 좋으련만 자꾸만 화가 치밀었다. 저런 촌년이 헛된 꿈을 가지면 아니 되었다. 세상이 자꾸 오냐오냐해 주니까 끝없이 망상을 하다가, 자신의 딸 같은 사람들에게까지 악플을 다는 것이었다.

사실 김은 딸이 예전의 자신처럼 원형 탈모를 겪고 있다는 사실을 아내에게 들어 알고 있었다. 아시안이라고 애들이 무시하고 괴롭히나 봐, 라는 아내의 말에 김은 뭐라고 대답했더라.

"책임지고 미국인으로 만들어."

김도 태만한 부모는 아니라서 딸이 좋아하는 모든 음악을 귀가 닳도록 들었다. 솔직히 하나도 감미롭지 않았으나 감명받은 척했다. 딸의 말로는 그들이 소멸 직전의 록 씬을 살리고 있는 밴드들이라고 했다. '록'도 '씬'도 김은 몰랐다. 그러나 그게 대단하다는 사실은 알 수 있었다.

그래서였을까. '록신'이라는 밴드명을 헤드폰을 통해 듣고 처음 겪는 이상한 분노에 휩싸였던 건. 딸이 그토록 힘들게 미국에 가서 쟁취하고자 하는 목표를 이 촌년이 감히 꿈꿨다는 사실에 미칠 듯 화가 났다. 현실이 아니라 가상에서 행복감을 느낀다고 해도 억울했다. 어쨌거나 이년은 지금 자격 없는 기쁨을 누리고 있었고 그 사실이 김은 대단히 불쾌했다.

그때 공에게서 전화가 왔다.

"보고받았어. 뭐 나야 모르지만 염 교수가 그 정도면 현실로 돌아오지 않을 법하다는데, 수고했네."

김은 허공을 향해 허리를 꾸벅 숙였다. 대학 선배인 염 교수가 자신의 실험을 컨펌하는 위치에 있다는 게 조금 불쾌했지만, 그래도 실험을 주도하는 본체는 자신이었다. 더군다나 사실 실험체가 '현실로 돌아오지 않기를 원한다.'라는 것을 확신하려면 당연히 더 오랜 검증이 필요하겠지만, 너무 성질이 급해 번갯불에 콩 구워 먹듯 권력을 잡고 예측 불허로 휘두르는 공이 실험을 참아 줄 리가 없었다. 10년은 무슨. 1년 안에 서비스가 전국에 퍼지는 광경을 보고 싶어 할 터였다.

대충 통화를 마치고 전화를 끊을 즈음, 공이 물었다.

"실험체는 어떻게 처리할 생각인가?"

"예?"

"자기 집으로 돌려보낼 건가?"

"그래야 하지 않겠습니까?"

"하지만 나이 든 부모에게 짐만 되는 딸이 되지 않겠나? 만약 김 박사 말대로 실험체가 현실로 돌아오지 못한다면 말이야. 1인분 몫도 못 하는 41살짜리 딸을 수발해야 할 텐데, 그게 오히려 잔인한 처사라고는 생각하지 않나? 차라리 뼛가루 한 통이 되는 게 편하지 않겠나?"

그럼 나더러 어쩌라고, 생각하며 김은 침묵했다. 그리고 다시금 말하건대, 성질 급한 공은 아주 짧은 침묵도 견디지 못하는 인간이었다.

"원래 동물을 가지고 실험하고 나면 그 동물은 어떻게 처리하나? 하수구에 방생하나? 그러면 생태계가 무너질 텐데."

김은 그제야 공이 무슨 말을 하는지 알아들었다. 공은 전화를 끊기 직전 웃으며 한 문장을 보탰다.

"박사, 나름 재미있으라고 내가 선물하는 것이네. 과학자에게 말이야."

03

 그럼요, 아주 재미있겠지요. 개뿔, 저 몸을 나더러 처리하라는 거잖아.

 김은 두 손을 늘어뜨린 채 여자를 바라보았다. 정신이야 어떻게든 산산조각 낸다 하더라도 몸을 어디다 버릴 것인가. 실험용 동물들이 어떻게 처리되는지 김은 알지 못했다. 그 사체들을 수거하는 전문 업체가 따로 있었으니까. 더군다나 사람은……
 김은 공의 말이 담고 있는 속뜻을 알고 있었다. 실험체는 나이 든 부모의 짐이 되어서는 아니 된다. 그러니 죽인 후 부모에게 그 몸을 전달하란 뜻이다. '죽이다'의 완곡한 어법이 '선물'이다. '과학자에게 하는 선물'이란 말이 대체 무슨 의미인가. 빤하다. 조지고 싶은 대로 조져 보라는 뜻이다. 결과가 죽음에 이를 때까지. 그리고 이 일이 나중에 세간에 알려지고 문제가 된다면 공은 편하게 김을 걸고넘어질 게 분명했다. 아마 자신은 김의 실험을 지원했을 뿐이며 실상은 잘 몰랐다고 발뺌하리라.

어찌할 바를 모르고 있는데 다시 휴대폰이 울렸다. 딸이었다. 딸이 김에게 전화를 먼저 건 것은 3년 만에 처음이었다. 김은 허둥지둥 전화를 받았다. 그러나 수화기 너머의 목소리는 딸이 아니었다. 어떤 남자가 굵은 목소리로 영어를 지껄여 댔다. 김은 상대가 똑같은 말을 세 번 반복하고 나서야 그가 무슨 이야기를 하고 있는지 알아들었다.

동양인 유학생들……, 샌프란시스코에서 버스에 탄 채 단체로 수장……, 인종주의자의 테러……, 당신 딸은 혼수상태에…….

그래, 무슨 이야기를 하고 있는지는 알아들었으나 그게 딸에게 일어난 일이라고는 믿어지지 않았다. 딸은 미국인인데 왜? 백인들이 사랑하는 미국 아이인데 대체 왜?

내 아내는 어디 있는데? 지금까지 뭘 하고 있는데? 마침내 상대가 지칠 때쯤 김이 처음 던진 물음이었다. 그러자 상대는 대답했다. 당신의 아내는 쓰러졌고 깨어나지 않고 있다, 라고.

김은 쓰러지지 않았다. 멈춰 서지도 않았다. 마치 느리게 슬램과 모싱과 헤드뱅잉을 하는 사람처럼 몸이 허우적거렸다. 온몸이 자신의 의지대로 제어되지 않는 것 같았다. 수장이라고? 버스라고? 왜 딸이 그런 것에 탔단 말인가? 대체 어떻게? 그리고 왜 뉴욕이 아니라 샌프란시스코에 있단 말인가?

김은 휴대폰을 손에 쥐었다. 공에게 전화할 수야 없었다. 언제나 일방적으로 수신만 당하는 관계였으니까. 대신 뉴욕 타임즈의 홈페이지에 접속했다. 이토록 대단한 사건이라면 속보로 떴을 거였다. 한국인들이야 아직 모를 수도 있겠지만, 적어도 현지의 백인들이라면…….

새로 고침, 새로 고침, 다시 또 새로 고침.

아무 소식도 올라오지 않았다. 버스 사고에 대해서는 일언반구도 없었다. 그 광활한 웹사이트에, 한 줄짜리 공간도 없었다. 말도 안 되는 일이었다. 딸이 얼마나 대단한 사람인데. 팔로워가 몇만 명인데. 실시간으로 달리던 댓글이 얼마나 많았는데. 인종 차별 같은 거, 출신으로 업신여김을 당하는 거, 내 딸에게는 일어나지 않을 일이라 확신했는데.

'무언가 배후가 있을 게 분명하다!'

순간 떠오른 건 공이었다. 공은 골프를 치며 자주 김의 딸에 대해 묻곤 했다. 공에게 가족에 대한 이야기는 최대한 삼가라는 조언을 몇몇 사람에게 들은 적이 있었지만, 공이 꼭 염 박사의 자식과 연결 지어 화제로 꺼내기에 김은 딸이 자신이 정한 길대로 걷지 않고 '어긋나는' 것을 정당화할 필요에 시달렸다. 그래서 딸의 온갖 시시콜콜한 이야기를 다 실토했다. 그러나 지금 생각하니 공이 억지로 그 화제를 유도했던 것 같았다. 자신은 딸의 이야기를 하고 싶지 않았는데……. 이어 실험체를 처음 이 실험실에 데려온 날, 공이 커피를 마시며 했던 말도 떠올랐다. 공은 한 달 뒤 미국 대통령과의 정상 회담을 앞두고 있었고 '무시당하지 않아야 한다.'라는 집착에 사로잡혀 있었다. 그리고 이런 말을 했다. 당시에는 그냥 짓궂은 농담이라 생각하며 넘겼으나…….

"한국인 상대로 백인 우월주의자의 혐오 범죄 같은 게

한 번쯤 크게 일어나면 아주 도움이 될 텐데 말이야, 평화로운 시절이라 나는 참 괴롭네."

김의 뇌리에 남은 그 말이 전신의 근육을 전율케 했다. 그래, 백인들에게 인정받고 잘나가던 딸이 테러의 대상이 될 리가 없었다. 공이 수작을 부린 게 분명했다. 이유? 아마 김 자신의 입을 막기 위해서였겠지. 딸을 죽이려 했을 것이다. 그러나 혼수상태라니, 아직 미완에 그쳤을 테고.

김은 실험체를 바라보았다. '선물'이라고? 그 말도 돌이켜 보니 가증스러웠다. 공은 김이 실험체를 어떻게든 조져 버리길 원했다. 그리하여 추후 이 일을 알게 될 대중이 경악하며 비난할 지점을 모두 김에게 돌리려 했을 테다.

"미친 새끼……."

김은 중얼거렸고 덜덜 떨리는 손으로 실험체의 머리에 연결된 전선을 매만졌다.

실험체를 아주 큰 절망에 빠뜨려야 한다. 김은 생각했다. 그리하여 실험체가 깨어나 공에 대한 폭로를 시작해야만 했다. 그리고 그 절망이 어떤 형태여야 하는지에 대해 김이 지금 상상할 수 있는 방안은 하나뿐이었다.

이판사판이다. 김의 인중에 땀이 맺혔다.

*

 서울에서 운산으로 가는 길에 버스는 저수지를 에두르는 위태로운 산길을 지나야 했다. 그리고 영지가 탄 버스는 저수지에 그대로 추락했다. 버스 안에 물이 차오르자, 영지는 공황 상태가 되어 팔다리를 마구 움직였다. 악기와 앰프, 멤버들이 마시던 맥주 캔 따위가 주위를 부유했다. 숨이 막혔다. 영지는 수영을 할 줄 몰랐다.
 '아, 그렇지.'
 영지는 물속에서 허우적거리며 생각했다. 그렇지, 뭔가 이상했어. 운산으로 공연을 하러 간다고? 내가 밴드의 프런트 우먼이라고? 다른 이라면 무의식이 개입한 꿈속에서 자신이 무엇이 되든 받아들일 터인데, 운산군에서 나고 운산군에서 자랐으며 평생을 시외버스에서만 꿈꿨던 영지는 그럴 수가 없었다. 이상한 위화감이 어금니에 낀 찌꺼기처럼 존재해 왔다.
 사고가 났다? 이제 일이 내가 알던 방식대로 돌아가는군. 영지는 나름의 방식으로 합리화한 뒤 두 발꿈치를 모았다. 내가 인어다, 라고 상상하니 우스웠지만 그래도 움직여

보았다. 그러자 놀랍게도 몸이 쉬이 움직였다. 영지는 한 번도 수영을 배운 적이 없었다. 그럼에도 가능했다. 버스의 창은 모두 닫혀 있었으나 그 틈새로 물은 완전히 차오른 지 오래였다.

*

김은 여자의 절망이 실행되도록 코드를 입력하며 불과 얼마 전에 자신이 했던 생각들을 떠올렸다.

김에게 평생을 운산군에서 산 고졸 출신의 시외버스 안내양―안내양이라는 직업은 오래전에 소멸했고 영지는 안내양이 아니었지만―은 자신과 같은 종의 생물체가 아니었다. 멍청하고 하등한 것……. 마치 바퀴벌레가 지구 생태계의 유지를 위해서나 필요한 것처럼, 영지 같은 것들은 허드렛일이나 하며 나라의 밑바닥을 굴려야 하는 종이었다. 보기 싫은, 곁에 두고 싶지 않은.

바퀴벌레.

김이 10년 전 국회의원이었던 공의 호감을 일찌감치 얻었던 것은 바퀴벌레라는 단어 덕분이었다. 아버지의 장례

식장에 온 공과 처음 만난 날, 소주를 마시며 나라의 앞날에 대한 걱정을 나누다가 얼큰히 취한 김이 바퀴벌레론을 한참 펼쳤을 때 공이 물었다.

"너무 좋은 비유입니다, 박사님. 그런데 박사님, 제가 어디서 글을 읽었는데 바퀴벌레는 멸종되면 큰일 나지만 모기는 멸종되어도 상관없다더군요. 그게 과학적으로 사실입니까?"

공은 그러면서 어느 커뮤니티의 게시글을 보여 주었고 뇌 과학자인 김은 곤충에 대해서는 하나도 몰랐으나 모기 물린 발목을 벅벅 긁으면서 고개를 끄덕였다. 그러자 공이 다시 물었다.

"모기는 대체할 수 있는 곤충이 많다고 하지 않습니까. 어차피 지금 지방은 다 외국인들이 들어와 굴리고 있는데, 거기 사는 한국인들이 툭하면 지방 차별이다, 돈 달라, 지원해 달라 난리잖아요? 솔직히 그쪽 표만 없어도 나라가 훨씬 잘 돌아갈 텐데."

김은 고개를 끄덕이며 공의 의견에 동조했고 결국 공과 나란히 만취했다. 결과적으로 공이 대통령이 되었으며 김은 나랏돈을 숱하게 타 먹었으니 그날 공의 '모기론'을 긍

정하며 바퀴벌레의 편을 들지 않은 것이 신의 한 수였던 셈이었다. 물론 김 자신은 속으로 고깝게 생각했었지만. 한낱 문과 출신 인간이 과학자인 나의 말에 토를 달다니, 하고 말이다. 티를 내지 않은 게 얼마나 다행인지. 공이 정말로 모기 박멸의 꿈을 가지고 있었으며 마침내 실행하는 인간일 줄은 당시엔 꿈에도 몰랐으니.

……그렇게 생각했었는데.

김은 실험체의 수장을 멍하니 함께했다. 지금껏 단 한 번도 실험체에게 감정을 이입한 적이 없었는데 정말 처음으로, 끔찍하게도……, 똑같이 숨이 막히고 몇 톤의 물처럼 지옥같이 무거운 절망감이 들이닥쳤다. 너무 힘들었기에 서둘러 전선을 손에 쥐었다. 지나치게 괴롭다 싶으면 손으로 전선을 뜯어낼 참이었다.

그때, 실험체와 무관한 물리적인 귀를 통해 인기척이 들렸다. 김은 돌아보았다. 공이 별안간 문을 열고 들어와 앉은 참이었다.

"하등한 것들은 하나만 하지를 않지. 보고서 읽고 한참을 웃었네, 꿈이 하도 허황되어서."

공은 아무것도 모른다는 듯 뻔뻔하게 굴었다. 김은 자신도 모르게 공손한 어투로 대답했다.

"그렇지요."

"여자가 버스에서 내리지는 않았나?"

아닙니다, 하고 김은 대답했다. 물론 버스를 공과의 상의 없이 물에 빠뜨리긴 했지만 거기서 여자가 빠져나왔을 거라고는 생각지 않았으니까. 바닷가도 아니고 내륙인 운산군에서 나온 적 없는 여자가 수영을 어떻게 할 것인가? 운산군에는 수영장도 없을 텐데.

"록 밴드 한다고 꿈꾸는 것도 아주 우습더구만. 내가 록을 잘 몰라서 마누라한테 물어봤어."

영부인은 예술 전반에 관심이 많은 것으로 유명했다. 그는 콜드플레이의 서울 공연 첫날에도 모습을 드러낸 바 있었다. 야광봉을 든 채 그 콘서트를 즐기는 자신의 모습을 찍어 대한민국 정부 로고를 달아 온라인에 배포했었다.

"그러니까 그러더라고. 코드 3개로 밴드 하던 시대는 갔고 지금 우리가 집중해야 할 부분은 새로운 쓰리 에스 정책이라고 말이네."

"섹스도 스포츠도 스크린도 아니면, 그것은……."

"일단 2개는 스페셜과 스페셜라이즈. 독특한 것을 향유한다는 에고를 주되, 누구나 그것을 할 수 없도록 전문화하는 것이지. 향유하는 행위 자체로 만족하면 떠들고 싸울 에너지가 소모되지. 그걸 노리라고 마누라가 그러더군. 결국 모두가 우민이 되는 것이네."

"나머지 하나는 뭔가요?"

"그걸 아직 못 정했어."

"……에스로 시작하는 단어 중에서는 스프레드도 있지요."

김이 주먹을 쥐며 말했다. 그러자 공은 웃음을 한참이나 터뜨리더니 침을 닦으며 고개를 끄덕였다.

"다양성인지 뭔지를 주장하는 해외 밴드가 와서 성대하게 공연을 벌이는 건 걱정할 필요가 전혀 없다고 마누라는 말하더군. 오히려 그런 사람들만이 다양성 따위를 노래할 수 있다는 인식을 심을 수 있다고. 촌스럽거나 무능력한 것들이, 자기들은 그런 말을 할 자격이 없다고 스스로 생각하게끔 만들 수 있단 거야. 결국 마누라가 말하는 목표는 이거지. 독특한 것을 해내고 자기 목소리를 내는 사람이 반드시 멋쟁이여야만 하는 것."

김은 침을 튀기는 공을 가만히 바라보았다. 스프레드가

다양성을 뜻하기도 함을 저 이는 어떻게 알고 있을까? 불같은 의구심이 일었다. 김과 똑같은 서울대 출신임에도 회화가 전혀 되지 않는 공의 영어 실력은 전 국민이 다 알았다. 외교 문제가 생길 때마다 통역 탓을 하곤 했으니까…….

딸에 대한 이야기를 하지 말았어야 했다. 속으로 중얼거리며 손톱이 손바닥을 파고들도록 주먹을 세게 쥐고 있는데, 공이 손뼉을 치며 고함을 질렀다.

"에스! 샌프란시스코도 있구먼. 그치? 다양성의 도시라고 하지 않나, 그곳이. 그 왜, 김 박사 딸이 거기 있다고 하지 않았나? 아닌가? 내가 잘 기억이 나지 않아서."

아니. 내 딸은 뉴욕에 있었어. 그리고 샌프란시스코에 수장되었지. 김은 손톱 끝이 누르고 있는 손바닥이 심장처럼 박동하는 것을 느꼈다. 당신이야. 당신이 그 일을 저질렀어. 당신이 지시한 거야, 그렇지 않다면 논리 따위라곤 없이 갑자기 샌프란시스코의 이름이 나올 리가 없어…….

김은 공에게 달려들었다. 공은 깡마른 김보다 거구이긴 했지만, 원체 몸이 둔해서 쉽게 그의 옷과 몸을 마구잡이로 거머쥘 수 있었다. 둘은 한 덩어리가 되어 마구 실험실 바닥을 뒹굴었다. 공이 소리를 질러 댔지만, 애석하게도 이 실험실에 최고급 방음 장치를 설치해 준 것은 다름 아닌 공이었다.

김은 손톱으로 공의 여러 구멍을 파고들었다. 공교롭게도 공이 주문한 가상 현실 서비스를 개발하느라 손톱 깎을 시간조차 없던 차였다. 물론 이성이 조금이라도 있는 사람이 곁에 있었다면 공이 샌프란시스코가 다양성의 도시라는 상식을 알 정도는 될 것이다, 원래 한국 사람들이 영어 회화는 안 되어도 단어는 죽어라 외웠으므로 스프레드가 다양성을 뜻함을 당연히 알았을 것이다, 그리고 무엇보다 일국의 대통령을 그렇게 할퀴면 아무래도 큰일 날 것이다, 라고 김을 막아섰겠지만……. 그랬겠지만, 김은 공이 자신에게 이 괴상한 실험을 맡긴 그때부터 이미 이 세상에서 일어나지 못할 일은 없다고 생각하기 시작했던 차였다.

운동량이 부족한 두 중년은 금방 지쳤다. 공이 헐떡기리며 체중을 이용해 김을 찍어 눌렀다. 그러고는 일어서려고 몇 번을 노력했으나 발목을 붙잡는 김 때문에 자꾸만 나동그라졌다. 결국 공은 신발로 김의 손을 밟았다. 김이 비명을 질렀고 공은 마침내 의지할 무언가를 붙잡았다.

실험체의 머리에 연결된 전선이었다. 공은 그걸 잡아당

기며 일어섰다. 그리고 김은 육중한 공이 당긴 탓에 실험체가 침대에서 우당탕 떨어지는 것을 보았다. 미친 새끼! 김은 속으로 소리 지르며 공에게 덤벼들었다. 그러나 곧 암흑 속으로 빠져들었다. 그러니까 어떤 암흑이냐 하면…….

04

숨이 막혀 시야가 검게 변하며 이제 죽는구나, 싶었던 순간 갑자기 폐가 미친 듯 뛰기 시작했다. 영지는 놀라 코평수를 있는 대로 벌리며 숨을 들이마셨다. 숨 쉬는 행위가 가능했다. 놀라운 일이었다.

'갑자기 왜?'

호흡에 대한 공포가 사그라들자 비로소 물의 온도가 느껴졌다. 꽤 훈훈했다. 물이 너무 따스해서, 영지는 노곤해진 눈을 한 채 버스 안에서 자맥질을 한참이나 했다. 인간이라면 무용하고 지겹다고 여길 법한 그 일을 계속 반복했다. 가끔은 버스 차창에 얼굴을 대 보기도 했다. 그러나 한 동안은 아무것도 없이 조금 혼탁한 물만 시야에 가득했다.

시간이 얼마나 지났을까. 밖에서 다가온 무언가가 급하게 차창에 붙었다.

"……어어."

그것은 사람들이었다. 숱하게 많은 사람. 다들 호흡하지 못해 시퍼레진 얼굴로 창문을 두드리고 있었다. 영지는 차창에 코가 눌리도록 가까이 다가가 사람들을 바라보았다. 왜 호흡을 못 하지? 의문이 일었으나 일단 버스 안의 자신은 원활하게 숨을 쉬고 있었으므로 그들 역시 버스에 태워야 한다는 결론이 났다. 시외버스가 45인승이므로 빽빽하게 들어서도록 하면 적어도 90명 정도는 들어올 수 있을 터였다.

영지는 사람들이 가장 잔뜩 붙어 있는 차창을 있는 힘껏 열었다. 물의 압력 때문에 어려웠으나 결국 열렸다. 영지는 그들에게 크게 외치면서도, 물속에서 말을 할 수 있다니 이거야말로 지금까지의 일들이 현실이 아니라는 쓰라린 자각에 휩싸이게 만들었다. 그래, 밴드는 무슨…….

그래도 사람은 구해야 했다.

"타요! 버스에 타요!"

그러나 놀랍게도, 익사하기 직전의 사람들은 영지에게 뽀글거리며 물었다. 그들의 입 모양을 보고 무슨 말인지 읽어 내는 것은 퍽 오래 걸렸고 몇 명은 그사이에 힘을 잃은 채 둥둥 떠내려갔다.

"어디 행?"

그게 중요한가. 혼란스러워진 영지가 운산이요, 라고 말하자 그들은 뻐끔거리며 몸을 다시 뒤로 틀었다. 어떤 여자아이가 창문에 손가락을 대고 썼다.

'오지 노노.'

영지는 창밖으로 몸을 애써 빼냈다. 버스 밖으로 나가자 숨이 턱 막혔다. 기를 쓰며 그들의 손목을 잡고 버스 안으로 끌어들이려 했으나 모두 막무가내였다. 영지가 손목을 붙들 때마다 그들은 더러운 것이라도 묻은 양 기겁하며 영지의 손을 털어 냈다. 영지는 숨이 막히면 버스 안에 들어와 잠시 호흡하고 다시 나가기를 반복했다. 온몸이 욱신거릴 때까지 그 짓을 반복했는데도 운산에 가는 시외버스에 타겠다는 이는 나타나지 않았다. 조금만 더 기다리면 서울에서 구조대가 올 거라고 사람들은 뻐끔거렸다.

기어코 영지는 1명도 구해 내지 못했다. 단 1명도.

낙담한 채 영지는 혼자 버스로 돌아왔다. 귀가 먹먹했다. 모든 사람이 호의를 거절했으니 몸도 마음도 좋을 리 없었다. 영지는 버스 뒤쪽 좌석 아래에 비스듬히 누워 있던 기타를 발견하고는 의기소침한 마음으로 네크를 손에 쥐었다. D, A, G. 3개의 코드를 번갈아 잡으며 줄을 튕겼다. 자신의 제안을 거절한 버스 밖의 사람들이, 그래도 어딘가 숨쉴 곳을 찾아 잘 살아남기를 기도하는 마음을 담아 노래를 부르기 시작했다. 즉석에서 지어낸 가사는 하나도 세련되지 않았다. 길지도 않았다. 대충 아래 문장의 반복이었다.

여러분이 어디서든 살 수 있었으면 좋겠어요.

그렇게 영지는 계속 노래했다. 얼마나 세월이 흘렀는지도 모르게. 영지의 열 손가락에는 굳은살이 박였다. 오른손의 다섯 손가락은 기타 줄을 뜯느라, 왼손의 검지부터 소지까지는 기타 줄을 쥐느라. 그리고 하나 남은 엄지로는……, 누군가가 창문을 두드릴 때마다 기대감을 가져 있는 힘껏 창문을 여느라.

그러나 사람들의 방문은 점점 뜸해졌고 어느 순간 영지는 체념적으로, 자신 말고는 생존자가 없으리라는 사실을 받아들이게 되었다.

그럼에도 노래는 변하지 않았다.

여러분이 어디서든 살 수 있었으면 좋겠어요.

05

 그것은 어느 문명의 탄생 설화다. 설화들이 흔히 그렇듯 과학적인 근거는 전혀 없다. 실험체의 머리에 연결된 전선이 뽑힌다고, 혹은 머리에 총알이 박힌다고 갑자기 이런 일이 일어날 리 만무하다. 아마 논리적으로 따진다면 그저 실험체의 뇌가 파괴되는 것으로 끝이 났을 게다. 그러나 설화는 원래 이상하다. 쓰리 에스 중독자인 공이 마침내 김을 무릎으로 찍어 누르고서는 주머니에서 총을 꺼냈고, 다만 군대에 다녀온 적이 없는 인간인지라 총을 어떻게 쏘아야 할지 잘 모르는 데다 영화 주인공처럼 대사를 길게 늘어놓고 싶어 했으며, 카투사 출신인 김이 그걸 어떻게든 뺏어서는 반대로 공을 찍어 누른 채 딸의 이름을 울부짖었고, 몸부림치는 공을 향해 총을 쏘았다는, 그러나 오조준이 되어 바닥에 누워 있던 실험체의 뇌를 관통했다는 것까지는 참으로 합리적이다. 하지만 그 순간 여자의 머릿속에서 돌아가던 세상이 진짜 세상의 자리를 대신 차지했다는 설에는 아무리 생각해도 허황된 측면이 있다. 그러나 원래 설화란 그런 법이다. 세상은 언제나 그 전의 세상이 아주 이상해질 때 더욱 이상한 방법으로 뒤집힌다. 다시 말하자면, 그 전의 세상이 참을 수 없을 정도로 엉망진창일 때 새 세상은 불현듯 탄생하고는 한다. 설화에서는 언제나 그렇다.

이 설화에는 몇 가지 버전이 있지만 결말을 제외한 후반부까지는 동일하다. 즉, 영지가 자신이 만든 노래를 끝없이 부르는 그 부분까지는. 이후 영지의 몸에서 사람들이 솟아난 방식에 대해서는 지역마다 미세한 차이가 있다. 창 측은 영지가 마침내 다른 생존자를 만나 그와 자식을 낳았다고 떠들어 댄다. 복도 측은 영지가 자웅 동체로 진화하여 새끼들을 낳았다고 주장한다. 맨 뒤에 있는 4개의 좌석 연합은 영지가 스스로의 몸을 분열시켜 자신의 복제물들을 만들어 냈다고 말한다. 그리고 운전석 측은, 영지가 투명해졌을 뿐 아직 살아서 자신들을 지켜보고 있으며 언젠가는 유토피아로, 그러니까 운산으로 자신들을 데리고 갈 것이라고 확신하며 기도한다.

어느 지역에 있든, 모든 아이는 안전벨트의 잠금장치 근처에 옹기종기 모여 영지에 대한 이야기를 듣는다. 아이들이 가장 좋아하는 부분은 버스에 달라붙은 사람들이 그 안으로 절대 들어오지 않은 채 결국 둥둥 떠내려가는 장면이다.

많은 전설의 시작이 강제로 소멸할 위기와 누군가의 탄압이라는 점을 생각하면, 운산행 시외버스 안에 발생한 문명이 말하는 영지의 서사는 흔해 빠진 유다. 또한 그만큼이나 많은 건국 설화가 땅의 융기와 반전에서 시작한다는 것을 안다면, 총알과 전극 그리고 영지의 피와 체액이 불가해한 물리·화학·생물학적 반응을 일으켜 영지의 무의식에 있던 시외버스가 실제 세상으로 튀어나오고 그 외의 전부가 영지의 머릿속에 갇혀 버렸다는 설도 아주 특별한 건 아니다.

어쨌거나 가장 중요한 부분은 아이들이 매일매일 신나게 이 노래를 흥얼거린다는 점이다.

여러분이 어디서든 살 수 있었으면 좋겠어요.

가끔 그 '살다'가 생존인지 생활인지 따지고자 하는 불신자들이 있지만, 누구도 관심을 주지 않는다.

멸종의 자국

01

리안은 분지에서 살았다. 빛기둥이 주기적으로 내려오는 땅이었다. 빛기둥의 끝에는 언제나 신이 내리는 풍성한 음식 그리고 반가이 맞아야 할 새 사람들이 있었다. 그러나 제대로 그 축복을 맛보기도 전에 죽음의 파도가 몰아쳤다. 신은 무슨 속셈일까? 대체 왜 축복과 비극을 아주 가까운 시간 내에 연달아 내리는 걸까? 조롱 섞인 시험일까? 제의를 몇 번이나 지내도 결과는 같았다. 뭘 잘하고 잘못하고는 전혀 상관이 없었다. 같은 시간에 기둥이 내려왔고 역시나 같은 시간에 파도가 밀려왔다. 기둥으로부터 새 사람이 도착하는 만큼이나 파도를 통해 사랑하는 이들이 실종되었다.

그러니 아무래도 빛기둥을 내리는 이와 죽음의 파도를 부르는 이를 같은 신이라 상정하기가 불가능했다. 생명의 신과 파괴의 신. 사람들은 신을 둘이라고 생각해 나눠 호명했고 치러야 하는 제의는 두 배가 되었다.

가족.

분지에 사는 모든 이는 서로를 가족이라 칭했다.

처음부터 그랬다.

그들을 가족이라 부를 수 없는 이는, 그리고 그들이 가족이라 부르지 않는 이는 사제뿐이었다.

누가 그런 규칙을 정했는지는 모른다.

이유를 알 수 없는 미움을 받아 그 누구로부터도 가족이라 명명될 수 없는 이가 억지로 사제가 되었는지도 모른다. 원래 많은 종류의 미움은 근원지 없이도 발생하니까.

리안은 이곳에 처음 오고 파도가 아홉 번 치는 동안 혼자였다. 자신을 가족이라 명명해 주는 이들이 없었다. 왜일까? 리안의 무엇이 그들은 언짢았던 것일까? 그럼에도 살아남았다. 그런 이는 처음이라고들 했었다. 아홉 번째의 파도가 끝나고 스승이 손을 잡아 주며 견습 사제라 명명했을 때 리안은, 누군가 자신의 손을 잡은 것이 처음이라는 사실만을 생각할 뿐이었다. 가족이라는 단어를 한 번도 입에 올린 적이 없으므로 리안은 사제가 되기에 더할 나위 없이 적합했다.

02

해랑이 등장했을 때 사람들은 들썩거렸다. 분지에 도착한 방식으로도 그리고 몸의 생김새로도.

해랑은 빛기둥 없이 분지에 도달한 유일한 사람이었다. 게다가 지금껏 분지가 선물 받고 또 잃어버렸던 모든 사람과는 색이 달랐다. 거의 투명함에 가까워 서로 자주 부딪히며 또 종종 의도와는 상관없이 서로 몸을 안거나 포개는 일이 많았던 분지 사람들과 달리 해랑은 몸이 온통 붉었다. 그래서 손을 맘대로 대기도 쉬웠고 피하기도 쉬웠다. 안지 않을 수 있었다.

스승은 리안에게 해랑을 일컬어 말했다. 그간 그렇게도

오래 섬겼으니 마침내 기도를 받아들여 주신 거야.

"받아들여요?"

"그럼."

"뭐라고 기도하셨는데요? 평안을 빌지 않았었나요?"

"해랑이 생겨서 모두 평안해지지 않았니."

"왜요?"

스승은 대답했다.

"세상엔 이유 있는 것보다 없는 일들이 어마어마하게 더 많을 거다."

이유가 왜 없어, 치졸하고 더러워 말하지 못할 뿐이지. 리안은 생각했다. 해랑은 때리기 쉬웠다. 눈에 잘 보이니까. 게다가 색채를 너무 많이 품은 해랑이 투명과 투명 사이의 미세한 골을 인지하기 어려워한다고 사람들은 불평했다.

사람들은 해랑에게 자주 손찌검의 형식으로 감정을 풀었다. 스승은 그러한 행위를 신의 뜻이라 공표했다. 가족은 세상 가장 밑바닥의 속죄양으로부터 격상하였다. 모두가 행복했다.

리안만 그렇지 않았는데 이유는 간단했다. 밀려오는 죽음의 파도를 사지 펼친 채 마주해야 하는 역할을 맡은 견습 사제라서. 그래서 내일 자신의 존재가 삭제될 가능성을 염두에 두며 살아야 해서.

파도는 무자비했다. 방향도 세기도 매 순간 달라졌으며 전혀 예측할 수 없었다. 명확한 건 하나뿐이었다. 파도에 휩쓸려 사라진 사람은, 다시 돌아올 수 없다는 결과.

파도에 맞서서 백 번을 더 살아남아야 견습이 아닌 정식 사제가 될 수 있었다. 스승을 제외한다면 지금껏 성공한 이가 없다고들 했으나 실은, 리안 말고는 시작한 적도 없었다. 이제 리안은 힘껏 붙잡을 돌부리와 몸을 숨길 절벽 따위의 위치를 모두 알고 있었다. 백 번까지 몇 차례 남지 않았다. 다 살아내고 나면 처음으로 정식 사제가 될 터였다. 이변이 없다면, 이라는 가정을 사람들은 하지 않았다. 파도가 얼마나 예측 불가능한지 잘 아니까. 대신 다른 말을 썼다. '죄가 없다면.'

지은 죄가 없다면 그 어떤 이상한 일이 일어나도 벌 받지는 않을 거란 말이었다.

"왜 피하지 않아요?"

해랑이 와서 물었을 때 리안은 머리를 풀어 헤친 채 헐

떡이며 입안에 든 것을 쏟아 내고 있었다.

아무도 그런 질문을 한 적이 없었다. 나는 그래야 하는 사람이거든요, 하고 리안은 대답했다. 파도는 우리가 속죄하도록 주신 축복이니까.

"그럼 다 속죄해야지, 왜 한 사람만 당해요?"

나에게 가족이 없어서, 라고 리안은 말하지 못했다. 대신 조금 조마조마해졌다. 외지인에게 이런 질문들을 듣는 게 사제로서 모욕적이라고 느껴야 했는데 그렇지 않았기 때문이었다. 아마 지금 내가 너무 많이 토하고 있어서, 몸이 영 고단해서 다 뭉개 생각하고 싶나 보다. 리안은 그렇게 단정 짓고서 대답했다.

"그런 건 누구에게도 탓을 할 수 없는 거고 태어날 때부터 정해지는 거예요. 신이 정하는 거죠."

"어떤 신이요? 신이 둘이라면서요. 먹을 거 주는 신이랑, 다 죽여 버리는 신."

리안은 놀라 입을 다물었다. 더 이야기하면 눈앞의 사람이 불경죄로 어디론가 끌려가 다시는 만날 수 없게 될 것 같았으니까.

대신 마침내 파도를 또다시 이기고 살아남았을 때 스승

에게 말했다. 해랑이 자신의 이번 생존에 큰 도움을 주었으니 당분간 오롯이 자신의 옆에 두도록 해 달라고. 그저, 왜 신이 그토록 큰 축복을 내린 후 매번 곧바로 재앙을 내려 죽여 버리려 드는가, 라는 오랜 물음에 대한 힌트를 얻을지도 모른다는 기대 때문이었다.

그러나 스승은 말했다.

"사람들이 개를 때리는 게 싫구나, 너는."

다른 이에게 마음을 들키는 경험에 익숙한 이는 많겠으나 가족이 없는 리안은 그렇지 않았다.

자신의 속내를 꿰뚫어 본 스승의 말에 놀란 이유였다.

해랑이 견습 사제와 다니는 것을 보고 사람들은 눈을 굴렸다. 그러나 뭐라 지껄일 수 없었다. 사제와 말을 섞는 것은 물론 사제에 대해 논하는 것조차 불경하다고 사람들은 서로를 가르쳤으니까. 존경심을 표하기 위함이라고 하지만 사실은 그게 아니라 부정 탈까 봐 두려워한다는 진심을 모를 정도로 리안이 바보는 아니었다. 그러나 혼자 분지에 떨어진 아이로서 살아남을 방법이 이것밖에 없었다.

스승은 외롭지 않다고 말했다. 축복과 비극이 이토록

밭은 간격을 두고 계속 반복되는 세상에서 어떻게 외로움을 논할 수 있겠느냐. 제의에 쓸 음식을 준비하는 것만으로도 시간이 다 가지. 스승은 사람들이 굶주리며 모은 만나를 제기에 쌓으며 말했다. 스승과 리안은 종일 제의 준비를 하고, 제의를 진행하고, 모든 게 아수라장이 된 후엔 상황을 정리해야 했다. 빛이 들어올 때부터 사위가 어둑해질 때까지 하는 거라곤 그게 다였다. 그래, 그렇다면 외롭지 않을 수도 있나? 리안은 겉으로는 고개를 끄덕였으나 실은 수긍하지 못했다. 제의를 준비하는 시간은 아주 길고 밤은 더더욱 깊었다. 리안의 시간선은 스승의 것과 달랐다. 무엇이 이 세계를 만들어 낸 신의 뜻과 가까울까. 당연히 스승을 따라야 했으나 리안은 자꾸만 불쑥불쑥 솟아나는 의문들을 자각했고 철없다 여기며 스스로를 야단하곤 했다.

"빛기둥을 잡으려고 해 본 적이 있어?"

유독 녹초가 되었던 날 해랑이 물었을 때 리안은 한 번도 상상해 본 적 없는 질문에 당황하여 그 붉고 촉촉한 피부를 가만히 바라보았다. 빛기둥을 잡으려 해 본 적이 있느냐고?

"사람들이 계속 빛기둥에 매달려 들어오잖아. 반대로 그 빛기둥을 타고 기어 올라갈 생각은 해 보지 않았어?"

잠시 숨을 들이켠 리안은 천천히 말했다. 바빠서. 바빠서 못했어. 맨날 보잖아, 사제들이 얼마나 바쁜지.

"그렇게 바쁘면, 신이 기뻐해?"

해랑이 물었고 리안은 알지 못했다.

그렇지. 무얼 아는 걸까, 도대체.

매일의 일상이 끝난 후 사위가 어둑해지면 탁, 하고 긴장이 풀렸다. 어둠은 매일의 휴전 선언이었다. 누워서는 한숨을 쉬며 생각했다. 아직 답을 얻지 못한 여러 명제에 대하여.

두 신은 우리를 사랑할까?

두 신은 우리가 잘되길 바랄까?

두 신은 우리를……. 우리를, 생각하기는 하는 걸까? 똑같은 간격을 두고 축복과 재난을 매번 겪고 나니 그런 물음도 가지게 되는 것이었다. 어쩌면 무언가를 프로그래밍한 후 그게 가동되고 있단 사실을 잊은 것은 아닐까?

03

"어제 물었잖아, 신이 기뻐하냐고."

해랑이 재차 물었을 때 리안은 너무 적은 만나를 어떻게 가장 풍성해 보이게 만들 수 있을지 이리저리 시도하던 중이었다. 위태롭게 쌓인 가짜 모형을 포옹하듯 지탱하던 리안이 해랑의 쪽을 바라보았다.

"아마도. 우린 그럴 거라 생각해야지."

"왜?"

"……뭐, 좋아하지 않는다면 이 짓을 할 이유가 없잖아."

해랑은 답하는 리안을 가만히 쳐다보더니 아주 작게 중얼거렸다.

"너, 믿지 않는구나. 너의 신들을."

그런 말을 감히 사제에게 한 이는 해랑이 처음이었다.

밝은 하늘에서는 천둥이 자주 쳤다. 사위가 어둑해지고 나면 하늘도 입을 다물었다. 그러면 비로소 주변의 소리가 아주 잘 들렸다. 아이 어르는 소리 또는 엄마, 엄마, 하고 우는 소리, 서로에게 사랑을 속삭이는 소리나 짝짓기하는 소리 따위가 마구 섞여 귓속으로 들어왔다. 가족들은 내일 사라질지 모르는 사람을 돌보고 사랑했다.

스승이 우는 것을 리안은 본 적이 있었다. 견습 사제가 된 지 얼마 지나지 않은 밤, 만나가 발효되는 냄새가 진동하던 사원 가운데에서였다. 사방이 뚫린 사원의 시원한 바닥에 누워 스승과 리안은 사지를 가득 펼친 채 잠을 자곤 했는데 그날 스승은 별안간 벌떡 일어나더니 눈을 질끈 감고서는 흐느꼈다. 리안은 겁을 먹고 바닥을 기어 제단 뒤로 몸을 숨겼다. 스승은 손바닥을 바깥으로 향하게 하고서는 두 팔을 들더니 얼굴 가까이로 모았다. 이상하지. 눈물이 떨어지지 않도록 하기 위해 오목하게 모으는 모양이 아니었다. 저게 무슨 자세지? 리안은 어깨를 살짝씩 떨면서 입술을 깨물었다. 두 팔을 위로 번쩍 치켜들고서는 스승을 따라 했다. 겨드랑이가 활짝 열렸다. 두 손목을 교차시키고 팔꿈치를 구부렸다. 그러자 시야가 가려졌다. 이게 대체 어떤 자세일까. 무슨 목적의. 리안은 상상하려 했으나 아무것도 알 수가 없어서 다시 팔꿈치를 펴고서는 눈을 떴다. 스승은 여전히 아까의 자세를 유지하고 있었다. 턱에 물방울이 맺혀 아래로 낙하했다. 반짝거렸다.

스승이 몸을 웅크렸다. 마치 공이 된 것처럼 몸을 둥글게 말았다. 그러고서는 순간, 아주 짧고 둔탁한 고함을 지르더니 그대로 옆으로 기울어 무너져 내렸다.

한참 후 기어 나온 리안이 가까이 다가갔을 때 스승은 코를 골며 자는 중이었다. 볼에 눈물이 말라붙어 희미한 빛에 반사되었다.

어쩌면 내 주변에 사람이 없어 상상하지 못하는 것일지 모른다. 리안은 어렴풋이 결론 내렸다.

사원에 드나드는 이들을 곁눈질하기 시작한 게 그즈음이었다. 손을 잡고 다니는 이들. 안긴 이들과 안는 이들. 그들이 손바닥을 바깥으로 향한 채 얼굴을 가린다면 무슨 일이 벌어질 때일까. 사원에서는 도통 알 수 없었다.

파도가 밀려오면 또 어땠나. 가족들은 일제히 손을 움직여 맞잡았다. 손을 잡고서는 배를 깐 채 바닥에 붙었다. 사슬이 길수록 파도에 휩쓸려 갈 확률이 줄어들었다. 손목이 당겨 오거나 손이 미끄러져 나갈라치면 더 세게 붙잡았다. 그 절박함이 너무나 강하여 언젠가는 유달리 거센 파도가 지나고 봤더니 손아귀 안에 잘린 손목만 덜렁 남아 있더라, 하는 일종의 괴담 따위가 전해지기도 했었다. 그러나 스승은 괴담이 아니라고 말했다. 정말로 그런 일이 있었다고. 그 현장을 목격한 이 중 남은 사람은 본인 혼자라고.

그럼 그 손목을 어떻게 처리했을까. 리안은 궁금해했다. 분지의 땅은 아주 딱딱했다. 분지를 더 뚫어 낼 수 있는 것은 빛기둥뿐이었다. 가끔씩, 빛기둥이 아주 세게 내리칠 때. 그럴 때 분지는 더욱 움푹하게 파였다. 그런 날 새로 분지에 도달한 이들은 유달리 사랑이 많은 이들이라고들 했다. 실제로 손잡을 이를 찾아다니는 것에 가장 집착하는 게 그들이었다. 게다가 가장 큰 빛기둥이 도달한 날에는 꼭 파도도 가장 거칠었다. 고난을 함께 겪은 이들은 애틋해졌다.

물론 그들은 리안의 고난에는 관심이 없었다.

리안은 다른 사람이니까.

그게 리안이 해야만 하는 일이니까.

해랑이 지껄이는 바는 자꾸만 마음을 찔렀다. 왜 애를 자꾸만 신경 쓰게 되나 했더니 꿈속의 가족이 뱉던 말들과 비슷한 주장들을 하기 때문이었다. 그렇게 하면 신이 좋아해? 신이 정말로 있는지 생각해 본 적이 있어? 왜 살렸다 죽였다를 반복하는지 궁금하지 않아? 깰 때마다 흐릿한 머리를 하고 몸을 일으켜서는 무릎을 꿇고 앉아 자신의 불경함을 헤아려야 했던 꿈. 누구에게도 말하지 못했을 꿈. 그걸 함께 꾼 듯 굴었기 때문이었다.

"만약 내가 너의 신에 대해서 너보다 아주 조금 더 알고 있다면, 그러면 내가 하자는 대로 해 볼래?"

스승의 이상한 행동을 본 다음 날 해랑이 물었을 때 리안은 천천히 고개를 끄덕였다. 그러고선 되물었다.

"만약 내가 네가 하자는 대로 해 준다면, 그런다면 그다음 파도 때 내 손목을 잡아 줄래?"

04

 빛기둥이 무거우며 만질 수 있는 대상이란 사실을 분지 사람들은 알았다―그 끝에 매달려 들어오지 않았는가―. 그러나 다시 그 기둥을 붙들고 역행할 엄두는 내지 않았다. 분지에 내려오기 전까지의 기억이 없었으니까. 그 이전이 지옥일지도 모르는 가능성을 떠올리지 않을 도리가 없었으니까.

 "잡아 주기로 한 거지. 손목이 잘리는 한이 있어도."

 그렇게 말하자 해랑이 핀잔을 놓았다. 볼만하겠네. 빨간 피부만 봐도 경기를 일으키는 사람들이, 빨간 피를 보면. 그 꼴을 보고 싶어서라도 잡아 줄게.

"그런데 정말 그걸 원해? 손목 잘릴 정도로 집착하는 것을?"

"난 그런 감정 공유해 본 적이 없으니까."

"그게 슬프거나 힘든 거야?"

리안은 대답을 하지 않았다. 어떻게 대답할지 알지 못했기 때문이기도 했다.

신이 어떤 하루하루를 보내고 있다고 상상해? 아니, 상상이라 묻는다면 너의 그리고 네 가족의 입장으로는 반감이 생길 수 있겠지. 해랑의 말에 리안은 난 가족이 없어, 라고 대답했으나 해랑은 자신의 오류를 정정하지 않으면서 또 물었다. 그래, 신은 자신의 하루를 뭐라 말해? 자꾸만 그런 식의 말로 자신을 괴롭게 했다. 꿈에서 툭 튀어나온 이의 물음에 저항하는 방도는 리안에게 없었다.

적어도, 아무도 없던 리안에게는.

"기둥은 아주 매끄러워. 그 표면을 붙드는 방법은 단 하나뿐이라고 나는 알고 있어."

"뭔데?"

해랑은 몸을 바짝 펴고 말했다. 붉은 피를 내는 것. 그게 좀, 찐득찐득하잖아? 손바닥에 묻히고 척척 올라가기 딱 좋아.

"붉은 피?"

"그래. 그러니까 내가 필요했다는 거야."

해랑은 뻔뻔하게 분지 땅의 가장 날카로운 부분, 그러니까 아무도 주워 가지 않은 만나가 쌓이고 풍화되어 몹시 날카로워진 곳의 옆에 철퍼덕 앉아 말했다.

"내가 왜 붉은지는 아무도 묻지 않았잖아. 그저 싫어했지."

05

"우리의 신을 더 가까이서 보고 싶어요. 그러니 빛기둥을 타고 올라가 보겠어요."

리안의 말에 사람들은 일제히 겁을 집어먹고 반기를 들었다. 분노를 살 거야. 스승은 말했다. 신이 뜻을 감추는 데는 이유가 있는 게다. 성역이라 하는 거지. 네가 해랑, 그 붉은 뜨내기의 말을 믿어 허투루 행동했다가 노여움을 사면, 그래서 우리 모두가 큰 피해를 입게 되면, 그러면 그 어떤 방식으로도 너를 용서할 수가 없어. 너무나 큰 죄라서.

리안은 고개를 저었다. 스승의 말은 믿을 수 없었다. 가족을 사랑하지 않으니까. 그는 사랑하지 않고 상처받았으면서도 내내 사랑한다고 스스로 최면을 걸었다. 아무도 스승을 생각해 주지 않는데도. 껴안을 이가 없는 자. 파도가 몰려올 때 붙들어 줄 이도, 본능적으로 몸을 웅크릴 자유조차 없는 자. 리안은 화를 내고 싶었다. 다 망해 버렸으면 좋겠다는 생각 같은 거라도 한번 해 볼 수 있지 않으냐고 묻고 싶었다.

그냥 말하면 어떨까 고민도 잠시 했다. 해랑을 믿는 이유에 대하여. 자신이 멍청하지 않단 것. 해랑이 분명히 그 어느 누구도 알지 못했던 사실을 경험—물론 믿을지 아닐지는 별개의 문제지만—했다고 주장한다는 것. 그걸 말하면 스승이 조금은 노여움을 풀 수도 있지 않을까, 하고. 리안은 스승을 염려했다. 그의 모습이 자신의 미래일까 봐? 물론 그 이유가 아주 아니라 단언하진 못할 테지만 그보다는…….

"파도가 몰아칠 시간이 될 때마다 몸을 떨면서도 사람들에게 서로를 붙잡으라고 말하는 스승의 모습. 그 등. 그걸 똑똑히 보면서도, 그 누구도 스승의 손을 잡아 줄 생각하지 않는 현실을 그는 어떻게 견디는지. 견습으로 들어가기 전부터 난 그게 궁금했어."

리안은 그 날카로운 곳에 나란히 앉아 스승을 보며 느

끼는 감정에 대해 해랑에게만 나지막이 털어놓은 적이 있었다. 그러자 해랑은 물었다.

"네가 잡아 주지 그랬어?"

"그러게."

그러자 해랑도 리안에게만 비밀이라며 입을 열었다. 분지에 도달하기 전의 기억이 있다고 했다. 리안은 몹시 놀랐다. 표정을 숨기려 했으나 해랑이라면 금세 알아챘을 테다.

'분지에 도달?'

해랑의 말은 놀라웠다. 리안을 포함해 분지의 모든 이들은 빛기둥에 매달린 기억으로부터 태어났다. 이전에는 존재하지 않았다. 어느 날 갑자기 하늘에서 훅, 떨어진 해랑을 제외하고는.

몹시 아팠던 기억이 첫 번째야. 해랑은 설명했다. 아파서 눈을 번쩍 떴더니 아래로, 아래로 떨어지고 있었어. 사위에서 엄청 큰 소리가 났지. 태어나자마자 세상이 멸망하는 건가 싶었어. 처음 떨어진 곳은 분지도 아니었어. 아주 매끄러운 표면이었지. 군데군데 날카롭고 투명한 바위들이 서 있었어. 바위와 비슷하지만 조금 더 작은 파편들이 별똥별처럼 떨어졌고 나는 도저히 할 수 있는 걸 찾지 못해 소리에 귀 기울일 수밖에 없었지.

"뭐였는데?"

"우는 소리. 하나가 아니고 셋이서 우는 소리. 마치 신이 말하는 것처럼 컸어."

"둘 아니고?"

"셋."

"그리고?"

"그리고 그중 하나가 말했어. 사랑한다고."

"그리고……."

"그리고 너희들이 말하는 파도, 그게 몰려왔어. 그걸 보자마자 죽겠구나 싶어 눈을 감았는데 깨 보니까 네 스승이 눈앞에 있었어. 그다음부턴 네가 아는 대로야."

어쩌면 신들이 궁금한 이유는, 그들 중 누군가가 '우는' 사람일지도 모른다는 가능성 때문일 터였다. 신이 울 수 있나?

"파도가 몰아칠 때, 있지."

빛기둥을 붙들기로 하기 전날 밤 해랑은 리안의 멍든 몸을 만지다 말했다.

"사실 그때마다 나는 고약한 상상을 해. 손을 붙잡고 있는 저들이 정말로 서로의 안녕을 원할까, 아니면 손을 붙잡지 않는 걸 발각당하는 게 무서운 걸까. 잠을 이 없는 사람 눈엔 그런 게 보이나 봐."

06

 빛기둥이 내려올 곳에 도사리고 있다가 매끈한 표면을 붙잡았다. 해랑의 몸 일부를 자신의 손에 묻혔기 때문에 가능했다. 매달리면서도 자신의 손을 보며 리안은 생각했다. 처음으로 가지게 된 색채에 대해. 그럴 때마다 귀신처럼 옆에서 해랑이 정신 차리라며 버럭버럭 소리를 질렀다. 어디선가 아이 우는 소리가 났다. 분지에 닿지 못하고 다시 올라온 새 가족인 걸까, 하고 멈춰 주위를 둘러봤으나 아무도 없었고 해랑은 또다시 뒤에서 욕설을 뱉어 댔다.
 의외인 것들이 있었다. 빛기둥은 언제나 수직으로 떨어졌다. 그러나 분지를 벗어나더니 점점 각을 틀어 수평에 가까워졌다. 천둥소리도 났다. 분지에서 들었던 것과는 음량이 달랐다. 소리가 커질 때마다 빛기둥은 더 빠르게 움직였다. 해랑의 몸이 아니었다면 진작 미끄러져 떨어졌을지도 몰랐다.

"키스해 본 적 있어?"

갑자기 뒤에서 해랑이 물었다. 뭐? 잘못 들었나 싶어 되묻자 다시금 더 명료한 소리가 날아왔다.

"키스해 본 적 있냐고. 몰라? 입술 부대끼는 거. 혀 넣어서."

"아니."

분지에 조금이라도 더 머물러 보았다면 사제에게 이런 질문 따위 헛것이란 사실을 알 텐데. 그러나 말하는 얼굴이 너무 천진하여 핀잔도 못 주었다. 해랑이 활짝 웃으며 대답했으니까.

"이제 하게 될 거야."

아기들이 간혹 있었다. 분지가 생긴 후 처음으로 빛기둥에서 내려온 게 아니라 가족 간의 관계에서 태어난 아기. 조금이라도 큰 힘을 주면 금세 찢어지고 짜부라질 것만 같은 아기. 그러나 아기들은 행복하지 않은 게 분명했다. 매일 악몽을 꾸고 귀신을 보았다. 모든 아기가 똑같았다. 귀신이 자기를 해한다고 주장했다. 때린 이가 없는데 혼자 어디 나동그라져 있었다. 파도가 밀려올 때마다 그런 아기들이 가장 많이 사라졌다.

그럼에도 사람들은 아기를 자주, 아주 자주 낳았다. 아이 낳기 위한 소리를 들으며 리안은 몸을 긁은 적이 많았다.

그 얘길 했더니 해랑은 얼른 올라가라며 면박을 주는 것도 잊고 신나게 웃었다.

"키스로는 애 못 낳아."

"나도 알아."

사실 몰랐다. 조금씩 더 오르니 더운 바람이 리안의 머리카락을 스쳐 지나갔다. 지금쯤이면 파도가 분지를 덮었겠지, 싶었으나 확인할 수단은 없었다. 이제 더는 못 움직이겠다는 생각이 들 때쯤 해랑이 외쳤다.

"지금이야!"

00

지금이야.

요 몇 달 새 지양의 머릿속에는 온통 그 말이 메아리칠 뿐이었다. 지금이야, 지금이야, 지금이야. 무엇이 지금인데? 물으면 답이 없어서 혼자 헤아렸다. 칼을 들고 눈앞에 보이는 사람을 찌르는 게? 벌떡 일어서서는 굶어 죽든 말든 다시 돌아오지 않는 게? 아니면, 그냥 지금 당장 죽어 버린다는 가장 편안한 방안을 택하는 게?

그런 자기 파괴적 행위 말고는 지금이야, 라는 말로 내 현재를 뒤엎어 버릴 방도를 찾을 수 없을 것 같은데.

지양의 가족 식탁에는 유리가 없었다. 오래전부터. 지양의 첫 기억이 그것이었다. 유리가 없어진 날. 이유는 너무 간단해서 딱히 더 논할 것도 없었다. 물건이 날아다닌다. 그중 하나가 식탁에 낙하한다. 유리가 산산조각 난다. 그 후 며칠 동안이나 밥을 먹을 때마다 유리 조각이 없는지 불을 환하게 켜고는 젓가락 끝을 주시하며 확인한다. 그게 끝이었다. 누구도 해명하지 않았고 누구도 다시 입에 올리지 않았다. 지양은 다른 집의 식탁엔 유리가 있을 거란 사실을 알지 못했다. 그저 식사를 하며 입에 들어갔던 젓가락을 나무 식탁 위에 다시 내려놓고 들기를 반복할 뿐이었다. 식탁에는 둥그런 자국이 남았다. 싸구려 쇠젓가락의 흔적.

입에 들어갔다 나온 젓가락 끝도, 음식 찌꺼기도 일부러 그 자국에 맞추어 내려놓았다.

너는 뭐 이렇게 흘리고 먹니. 더럽게. 남이 물을 때는 일부러 바보 같은 웃음을 지었다.

남이다.

남이고 가족이다.

어린 시절 그런 상상을 했다. 젓가락 끝에 묻은 나의 침에서 자라난 애들이 분지에 가득하다면. 그렇다면 그 애들은 내 젓가락 끝에 묻은 아주 작은 음식물 조각들, 가령 너무 작아 눈에도 잘 보이지 않는 두부 조각이나 국의 방울 같은 것들을 먹고 살겠지. 낡은 스테인리스 젓가락 끝에 묻은 것들을.

아마 내 입에서만 나온 애들이므로 모두가 가족이겠지. 애들은 젓가락을 쥔 나를 뭐라고 부를까. 지양은 공상했다.

엄마?

신?

아마 스테인리스 젓가락은 먹을 것, 만나를 내려 주는 빛기둥이라 칭송받을지도 몰라.

식탁의 분지에 살 그 애들에게 먹을 걸 더 많이 줘야 했다. 일부러 손을 떨었다. 국물을 흘리고 김치를 떨어뜨렸다. 일부러 그 부근은 잘 닦지 않으려 했으나 좀 꾀를 부릴라치면 여지없이 엄마가 다가와 축축한 행주로 무자비하게 벅벅 닦아 버렸다. 멸종, 멸종이다! 지양은 눈을 감으며 속으로 소리 지르다가, 행주는 최대한 더러워야만 애들을 살릴 수 있을 거란 이상한 결론을 반쯤은 확신하기도 했다. 살균력이 전혀 없는. 제대로 빨지도 않은. 그렇다면 아주 멸종은 아닐 거였다. 지양의 집은 언제나 그런 식이었으니까.

밤이 되어 모두가 고요해지면 혼자 부엌으로 나갔다. 행주로 훔쳐도 훔쳐도 식탁에서는 계속해서 유리 조각이 나왔다. 밥을 먹을 때마다 젓가락 끝이나 순가락 한가운데를 유심히 살피며 먹어야 했다. 위 속에서 유리 조각이 몇 개쯤 돌아다니며 속을 갈기갈기 찢고 있을까. 어쩌면 모두 그 탓에 분노하고 날뛰는 것인지도 모른다.

안방 문 너머에서 코 고는 소리가 들렸다. 창문을 다 열어 두어서 식탁 위에 맞은편 집 거실의 빛이 그대로 떨어졌다. 둥그런 자국에 밤공기가 고여 있었다.

만약 나무 식탁의 구멍이 안에 정말로 애들이 있다면 아주 잘 살게 해 주고 싶어. 그래서 나를 사랑하게끔 만들고 싶어. 사랑했으면 좋겠고 사랑받으면 좋겠어.

지양은 식탁 위로 몸을 숙였다. 혀를 내밀었다. 침을 떨어뜨리려고 했으나 한참 자고 일어나서인지 그 직전에 한참을 또 울어서였는지 혀가 바짝 말라 있었다. 허리를 더 숙였다. 천천히. 유리 조각이 있을지도 몰라. 유독 반짝이니까. 그러나 이제는 그게 딱히 중요하지 않았다.

혀를 둥근 자국에 대고서는 생각했다. 이것은 키스다. 어리고 불행한 엄마 혹은 신과의 키스. 나는 어디서 왔느냐는 질문에 엄마랑 아빠랑 뽀뽀해서, 라는 대답을 들을 수 있던 시절도 언젠가는 있었다. 우습지. 그렇다면 지양은 아주 많이 오래 할 것이었다. 사람과는 하지 않고 오로지 이 아이들과만 할 것이었다. 불쌍하고 작은 애들과만.

키스라면 눈을 감아야지, 하고 눈을 감았다. 처음이자 마지막으로 도움을 요청했을 때 웃으며 말하던 이의 얼굴이 떠올랐다.

'음, 그거 아니? 그런 시간들은 금방 지나간단다. 나도 그랬어. 내 세대에는 안 맞고 큰 애들이 없지. 그런데 나중 되니까 나도 부모님도 다 잊더라고 옛날 일들. 옛날 일들 가지고 낄낄거리고 웃어.'

정말로 그렇다면, 그것이야말로 절대 용서할 수 없는 일이라고 지양은 생각했다.

혀로 동그라미를 그리며 구멍 위를 배회하다 문득 따끔, 하는 느낌에 눈살을 찌푸렸다. 연탄 같은 나무의 맛 대신 비릿한 철 냄새가 혀끝에서 뚝뚝 떨어졌다. 그리고 동시에 손 하나가 어깨를 두드렸다.

지양은 몸을 일으켰다. 구멍에 붉은 피가 떨어져 있었다. 돌아보지는 않았다. 어차피 그 손의 주인이 누군지는 알 수 있었고 그는 지양이 어딜 보고 서 있든 별로 개의치 않을 것이었다.

무슨 짓을 하는 거냐고 그는 묻지 않을 것이었다.

"혀 집어넣고 입 다물어."

그가 말했다.

혀를 집어넣으라고 해 주는 게 지양은 우스웠다. 그리고 애들에게 이 광경을 들키고 싶을까 궁금해졌다. 반반이었다. 애들이 운다면 알리고 싶지 않았다. 애들이 아무런 반응을 보이지 않을 수도 있었다. 애들이 즐거워한다면, 자신 역시도 웃을 수 있을 터였다. 그러기를 바랐다. 애들에게 허락을 얻지 않고 삶을 주었으므로 애들이 자신을 가여워하지 않고 조소한다면 마음이 조금은 가벼워지리라고 생각했다.

그는 지양의 얼굴을 두어 번 세게 때리고서는 안방의 문을 열어 자고 있는 이를 깨웠다. 식탁이 더러워졌노라고, 나와서 얼른 닦으라고. 그리고 그를 또 때렸다. 그저 더 많은 이들에게 불행을 전가하고 지배욕을 채우고자 하는 비경제적 행위에 불과했으나 지양에게는 너무나 익숙해서 이상하지 않은 일이었다.

맞은 이가 훌쩍거리며 행주를 들고 식탁을 훔치기 전 지양은 무용한 질문을 속으로 했다. 아까 유리 조각에 베여 흘린 핏방울이 분지에 낙하했다면 그 애는 사랑받을까? 사랑받으면 좋겠다…….

07

리안과 해랑은 혀 위에 있었다. 해랑은 자신이 태어난 틈을 찾아냈다. 해랑은 자기 혼자 기억을 간직하고 있는 이유에 대해 추정했다. 폭력과 고통은 가장 유효 기간이 길기 때문에. 나는 너와 달리 폭력에서 태어났어. 해랑이 말했고 리안은 웃기지 말라고 하고 싶었다. 정말로 화가 나서였다. 미리 말해 주었을 수도 있잖아.

"믿었겠어?"

해랑은 문장을 덧붙였다.

"세상에 이런 일도 있다고. 그러니까 먹을 것을 내리던 우리의 전능한 신이 가장 어리고 또한 불행하다고 말한다면, 그러면 분지에서 너는 그 말을 믿었겠어?"

내가 진짜로 존재하는 건 맞을까? 리안은 되물었다. 신이 '상상'한 것이 나라면, 신의 세계에선 그러한 상상이 우습고 이치에 맞지 않는 것이라면, 그렇다면 지금의 나 역시도 신이 꾸는 꿈의 일부 정도밖에 되지 않을 수 있잖아.

"……모르겠어. 넌 아무렇지도 않아?"

순간 파도가 밀려들어 왔다. 신의 안에 머물러도 비극은 똑같이 계속되었다. 그러나,

"우리도 상상하면 되잖아. 우리도 꿈꾸지, 뭐."

해랑은 그렇게 말하면서 파도가 몸에 닿기 전에 리안의 손을 잡았다. 리안은 그 순간 이상하게도 스승을 떠올렸다. 분지에서 가장 외로운 그에 대해서. 돌아간다면 그의 손을 잡아 볼 요량이었다. 물론 돌아갈 생각은 전혀 없었다.

*

50대 가장이 아내와 중학생 딸을 살해한 현장은 참혹했다. 3층에서 투신한 그는 생명에는 지장이 없었으나 범행 동기에 대해 입을 꾹 다물고 있었다. 신정아는 현장을 수사

하면서 고개를 가로저었다. 미친 새끼. 3층에서 떨어지면 죽지도 않을 걸 뻔히 알면서. 속으로 중얼거렸다. 경찰복을 입은 지 10여 년이나 흘렀지만 악한 겁쟁이들에 대해서는 결코 익숙해지지 않았다.

중학생 딸의 낡은 일기장을 찾아낸 것은 조사가 거의 마무리될 즈음이었다. 일기장은 책꽂이나 서랍이 아니라 침대 매트리스 속에 숨겨져 있었다.

신정아는 공책을 펼쳐 가장 최근에 적힌 내용을 천천히 읽기 시작했다. 피해자는 자신을 삼인칭으로 표현했다. 신정아는 이상하다고 생각하지 않았다. 비슷한 경험이 있었으니까. 그것은 도래하지 못할 거라고 확신하는 안전한 미래를, 그럼에도 불구하고 머릿속에 그려 내는 방식이었다.

"느이 아빠랑 둘이서 천장까지 다 칠했잖아. 얘 진짜 웃기는 게 뭔 줄 아니? 손 바짝 들고 천장을 몇 날 며칠 칠했더니 얘 오십견이 나왔다? 느이 아빠랑 나랑 둘 다 오십견 때문에 오죽 고생했었니. 이제 멀쩡해. 아주 팔이 휘휘 돌아가."

"가구 다 바꿨네."

"헌 가구 그대로 두면 잡귀가 끓는다고 하잖니. 난 생각도 안 했는데 얘, 네 아빠가 먼저 바꾸자고 하더라."

그러자 지양은 사위를 둘러보았다. 그러고는 나지막이 물었다.

"식탁이 없잖아, 엄마. 밥은 어디서 먹어?"

"버렸지, 얘. 그거야말로 제일 먼저 버릴 거였다."

가만히 누우면 애들이 생각났다. 지양의 나이는 40살에 가까워 가고 있었고 부모는 친구 없이 서로를 의지하여 하루하루의 빈 곳들을 채워 가는 중이었다. 등산복을 입은 채 두 손을 잡거나 볼을 맞댄 사진들을 메신저로 보내 주었고 그럴 때마다 지양은 작은 캐릭터들이 뛰어노는 이모티콘을 보내곤 했다. 뭐라 말할지 알 수 없어서였다.

40살이나 먹어서 여태 옛날 생각에 악몽을 꾼다고 하면 어디서든 비웃음만 사겠지. 지양은 생각했다. 애는커녕 결혼도 않는 딸에게 그래 너 좋을 대로 살아, 너 하고 싶은 대로 해라, 말하며 잔소리 한번 않는 부모가 또 어디 있겠느냐고.

    그나저나 공포가 주식인 애들은 멸종했나.

    지양은 천천히 일어났다. 이젠 밤에 멋대로 움직여도 괜찮았다. 한때는 신이었던 두 사람은 지양의 손에 잡혀도 부러질 만큼 팔뚝이 얇아졌고 잠귀는 어두워졌으며 코골이는 심해졌다.

    동네에는 사람들이 폐가구를 내놓는 곳이 있었다. 스티커를 안 붙여도 용케 깨끗해지곤 하는 곳. 지양의 집 식탁도 아마 거기 비스듬히 서 있었겠지. 누가 가져갔다는 사실이 경이로울 정도로 오래되고 흠집 많은 가구였으나 언제나 세상에는 상상 못 할 일이 일어나곤 하니까. 지양의 집에서 무슨 일이 일어났는지 아무도 상상해 주지 못한 것처럼. 그리고 그 일들이 얼마나 투명하게 잊히는지 지양이 상상치 못했던 것처럼. 지양은 혀를 내밀었다.

작은 아이용 좌상이 나와 있었다. 몸을 웅크리고서는 입술인지 부리인지를 내민 캐릭터 위로 얼굴을 겹쳤다. 부리에 혀를 댈까 고민했다.

똑. 혀에서 침이 떨어졌다. 몸을 일으켜 떨어뜨린 침을 보았다.

"너무 평평하네."

말하고서는 주머니를 뒤져 담뱃갑을 꺼내 들었다. 피우다 맘이 동하면 아주 작고 좀 둥그런 흔적을 상 위에 남기면 어떨까, 하는 마음으로.

거기서 또 애들이 자라겠지, 라고 생각하고는 막연한 공포에 사로잡혀 몸을 웅크렸다. 커다란 가로등이 머리를 숙인 채 지양을 내려다보고 있었고 어디선가 아기 우는 소리가 들렸다.

작가의 말

언제부터였나, 나는 역사가 내내 똑같은 사이클로 반복된다는 생각에 휩싸여 있었다. 내가 그런 생각을 하고 있다는 사실을 자각하기 전부터 이미 무의식적으로 느꼈던 것도 같다. 아마 종말과 멸종 이야기를 많이 쓰기 시작한 게 그 때문이 아니었을까. 이즈음이 되면 슬슬 생태계가 뒤집어질 때도 되지 않았나, 의문이 들었던 탓일 테다.

그런 얘기를 하면, 나를 아는 사람들은 묻는다. 너처럼 열심히 사는 사람이 그런 생각을 한다고? 그렇다. 나는 사실 정말로 꾸준하고 또 지치지 않는다. 팔리지도 않는 소설을 매일 쓰고 만 11년 동안 한 체육관에 다니며 똑같은 루틴으로 운동하고 있으며 트라우마 때문에 아직도 사람을, 특히 어린이를 죽도록 무서워하는 나의 강아지를 위해 새벽 3시에 산책을 나가 3시간 동안 걷는다. 핸드폰 플래시를 켠 채 야산을 오르고, 강아지가 가고자 하는 방향대로 따라가다가 길을 잃어 지도 앱을 켜고, 가끔 무슨 군부대

옆에서 기상나팔 소리를 듣기도 한다. 두 발로 서면 내 가슴팍까지 오는 키의 강아지를 유기견 보호소에서 집으로 데려온 이후 단 하루도 거른 적 없는 일이다.

그러니까 무슨 말을 하고 싶은 거냐면, 가깝거나 먼 결과와 상관 없이 하루 동안 내가 해야 할 일을 조용히 반복하는 게 내가 (지리한 일상을) 버티며 (사람이든 강아지든 나 자신이든, 무언가를) 사랑하는 방식이라는 것이다.

이 소설집에는 그런 사람들이 모였다. 거창하지 않은 사람들. 그들은 모두 내 분신이기도 하다(이 소설집에 '냉동 만두'가 자주 등장한다는 사실을 자각하고 한참 웃기도 했다. 냉동 만두는 내 주식이다. 모르긴 몰라도 《올드보이》의 주인공만큼은 먹었을 것이다). 그러니 모쪼록 그들의 이야기를 너무 미워하거나 괄시하지는 말아 주셨으면 하는 바람이다.

인류 멸종이든 지구 멸망이든, 그 전에 내 강아지가 어린이를 보고 도망가지 않는 장면을 단 한 번이라도 볼 수 있다면 그것만으로 행복하겠지 싶다.

25년 7월, 설재인

발표 지면

〈미림 한 스푼〉 ─ 앤솔러지 《내게 남은 사랑을 드릴게요》
(자이언트북스, 2023) 수록

〈드롭, 드롭, 드롭〉 ─ 미발표작

〈쓰리 코드〉 ─ 미발표작

〈멸종의 자국〉 ─ 〈문학사상〉 2023년 12월호 수록
(원제: 〈멸종하는 애와 꿈의 멸종〉)